Arene-Taschenbuch
Band 50963

In der Reihe *Wahre Pferdegeschichten* von der Autorin im Arena-Taschenbuch:

Blindes Vertrauen
Auf der Suche nach Calido
Letzte Chance für Jana
Schwere Zeiten für Julia
Entscheidung fürs Leben
Freundschaftsprobe

Margot Berger
begann ihre Journalistenlaufbahn als Redakteurin bei großen Tageszeitungen und Frauenzeitschriften. Die begeisterte Reiterin und Pferdeexpertin lebte und arbeitete als selbstständige Journalistin und Buchautorin in Hamburg.

Margot Berger

Verhängnisvoller Verdacht

Eine wahre Pferdegeschichte

Arena

Erzählt nach einer wahren Geschichte.
Die Namen von Personen und Orten
wurden geändert.

FSC
www.fsc.org
MIX
Papier aus verantwortungsvollen Quellen
FSC® C110508

1. Auflage als Arena-Taschenbuch 2017

Covergestaltung: Frauke Schneider unter Verwendung
eines Fotos von www.slawik.com
Umschlagtypografie: KCS GmbH · Verlagsservice & Medienproduktion,
Stelle/Hamburg
Gesamtherstellung: Westermann Druck Zwickau GmbH
ISSN 0518-4002
ISBN 978-3-401-50963-1

Besuche uns unter:
www.arena-verlag.de
www.twitter.com/arenaverlag
www.facebook.com/arenaverlagfans

TVN Tierärztliche Verrechnungsstelle Nord

Rechnung im Auftrag des
Herrn Dr. med. [redacted]

Bitte bei Zahlung angeben:
Rechnungsnummer: [redacted]

Datum	Dosis/Einheit/Anzahl Verrichtung/Medikament	Betrag Netto in €	Mehrwert- steuer
25.2.	**Patient: Pferd Arcos**		
	Wegegebühr	20,70	19%
	Besuch und Untersuchung im Lendenbereich/Kreuz-Darmbein deutlich schmerzhaft	17,18	19%
	Blutprobenentnahme inkl. Laborkosten und Beurteilung	50,00	19%
	Injektion i.v. inkl. Arzn.	15,03	19%
26.2.	Besuch und Kontrolluntersuchung leicht gebessert	17,18	19%
	Injektion inkl. Arzn.	15,03	19%
27.2.	Besuch und Kontrolluntersuchung Weiter leicht gebessert	17,18	19%
	Injektion inkl. Arzn.	15,03	19%
1.3.	Wochenendbesuch und Kontrolluntersuchung Deutlich gebessertes Allgemeinbefinden Rat zur aufbauenden Bewegung	34,36	19%
	Anteilige Wegegebühr	9,20	19%

1.

Eisige Zugluft biss Lilly ins Gesicht, als sie dem Ausgang der U-Bahn zustrebte. Endstation.

Am Fuß der Treppe packte sie ihr Fahrrad beim Rahmen und trug es nach oben. Zwei Jungs in schwarzen Kapuzenshirts und Cargohosen liefen mit Skateboards unterm Arm die Stufen hinauf und rammten ihr im Vorbeidrängeln die Bretter in die Rippen. Empört wich Lilly aus.

»Spinnt ihr?«, rief sie ihnen nach.

Die Kapuzen drehten sich nicht einmal um. Ziemlich unfreundlich, der Empfang in ihrer neuen Heimat Hamburg.

Heftiger Nordost fegte Lilly entgegen und trieb ihr die Tränen in die Augen, als sie ihr Rad oben an der Straße absetzte. Schon seit dem frühen Morgen blies starker Wind über Norddeutschland. In Hamburg war das Wetter in diesen ersten Tagen des neuen Jahres genauso ungemütlich wie an der östlichen Seite der Elbe, in Sachsen-Anhalt, wo Lilly vor fünf Stunden in die Bahn gestiegen war.

Mit Grummeln im Bauch dachte sie an ihr altes Zuhause. Himmel, war ihr der Abschied heute Morgen schwergefallen. Durch stürmische Dunkelheit hatte Lilly sich früh um sieben mit dem Rad zu Theo Bülows Reitstall vorgekämpft. Zu dieser Zeit saß ihre Mutter bereits im gemieteten Möbelwagen und lenkte ihn Richtung Hamburg. Die Zwillinge Tim und Felix, Lillys achtjährige Brüder, fuhren im Transporter mit, der vom Auto zweier Nachbarn begleitet wurde, die beim Möbelschleppen helfen wollten.

Lilly war froh, dass sie es geschafft hatte, ihrer Mutter ein Bahnticket nach Hamburg abzuschmusen. Sie wollte die letzten Stunden allein mit den Pferden verbringen.

Ihr ganzes Leben lang – vierzehn Jahre – hatte Lilly auf dem Land zwischen Havel und Elbe gewohnt, in dem dünn besiedelten Gebiet zwischen Magdeburg und Stendal. Wie würde sie mit dem Umzug von Mallwitz in die unbekannte Großstadt klarkommen?

»Hamburg ist eine richtige Pferdestadt«, hatte Stallbesitzer Theo Bülow sie getröstet, als Lilly heute Morgen mit feuchten Augen jeden einzelnen Vierbeiner umarmte. »Was glaubst du, wie viele Reitvereine und Turniere es dort gibt. Und Pferdemessen. Rennbahnen. Ich beneide dich, Lilly. Bin selber nie bis Hamburg gekommen. Leider. Garantiert findest du schnell einen neuen Reitstall.«

Dann hatte ihr Reitlehrer gezögert, aber schließlich noch etwas hinzugefügt, das er bisher für sich behalten hatte, die gesamten vier Jahre, in denen Lilly zum Reiten gekommen war. »Du hast ein besonderes Gespür für Pferde, Lilly, für ihre Stimmungen. Musst nur die Chance bekommen, das zu zeigen . . .«

Da war Lilly mit großem Vertrauen auf das neue Leben in Hamburg in den Zug gestiegen.

Die Jungs aus der U-Bahn knallten ihre Skateboards auf den

Gehsteig und kurvten im Slalom um eine Gruppe vermummter Frauen herum.

Lilly musste wieder an die Schulpferde denken. Theo Bülow hatte anklingen lassen, dass er seinen kleinen Stall vielleicht schließen musste, weil aus Geldmangel immer weniger Reiter kämen. Hätte sie doch wenigstens ihre besonderen Lieblinge mitnehmen können! Palando, den verschmusten Mecklenburger zum Beispiel. Und Dorio, den sensiblen Trakehner, der bei der kleinsten Aufregung eine Kolik bekam und dem sie vor jedem Reiterfest gut zureden musste. An die süßen Lewitzer Schecken durfte Lilly erst gar nicht denken. Auf den schwarzweißen Ponys hatte sie reiten gelernt.

Lilly stützte ihre Hüfte an den Fahrradsattel und entfaltete mit verfrorenen Fingern die Kopie einer Stadtplanseite. Sie studierte das Straßenschild an der Kreuzung. Mittlerweile ging das winterliche Tageslicht in diffuse Abenddämmerung über. Mit einiger Mühe entzifferte Lilly die Aufschrift: »Beifußweg«.

»Das ist er ja schon«, murmelte sie überrascht. »So nahe an der U-Bahn-Station wohnen wir!«

Mit der Bahn kam sie sicher schnell zu den Reiterhöfen . . .

Unter soeben aufflammenden Peitschenleuchten schob Lilly ihr Fahrrad zum Hochhaus mit der Leuchtnummer 5. Ihre neue Adresse. Irgendwo in der Nähe hörte sie Skateboardrollen auf Asphalt aufschlagen. In einer Reihe entlaubter Straßenbäume zauste der Januarwind, bog die kahlen Zweige nach oben und unten. Ein scheußlicher Tag.

Vom Bürgersteig aus konnte Lilly durch die gläserne Haustür in den Flur von Beifußweg Nr. 5 sehen. Vor dem Lift steckten ein paar Jugendliche mit Strickmützen die Köpfe zusammen. Handy-Displays leuchteten auf. Feixend stießen sich die Jungs in die Seiten.

Unschlüssig verharrte Lilly neben ihrem Rad auf der Straße.

Wer weiß, was die sich runtergeladen haben. Irgendeinen wüsten Schweinefilm bestimmt. Oder was mit Gewalt.

Jungs, die in Gruppen herumhingen, gab es auch in Mallwitz. Bloß hatten die sich dort in Bushäuschen zusammengerottet und nicht in Hauseingängen. Und sie hatte jeden mit Namen gekannt.

Lilly schwante, dass in Zukunft vieles anders werden würde. Zu Hause konnte sie die Jugendlichen einschätzen, hier nicht.

Der Wind riss an Lillys Jacke. Obwohl sie sonst nicht ängstlich war, traute sie sich nicht weiter. Was, wenn die Jungs sich zu ihr in den Aufzug quetschten und sie anmachten? Und herausfinden wollten, wo sie wohnte?

In diesem Moment fiel Lilly ein, dass sie selber nicht wusste, in welchem Stockwerk ihre neue Wohnung lag.

»Super geplant«, murmelte sie und zog ihr Handy aus der Jackentasche.

Lilly rief die Nummer ihrer Mutter auf und hielt das kalte Gehäuse ans Ohr. Sie legte den Kopf in den Nacken und zählte die Stockwerke.

Wenn Mama nicht rangeht, kann ich bis Mitternacht durch sämtliche Etagen laufen und an jeder Tür klingeln.

Zwölf Stockwerke. Von ganz oben hatte man sicher einen Wahnsinnsblick über Hamburg. Vielleicht bis zur Elbe und den Hafen mit seinen Kreuzfahrtschiffen, auf jeden Fall aber bis zum Stadtrand. Mit etwas Glück entdeckte sie die eine oder andere Weide. Mit noch mehr Glück sogar Pferde.

Eine Wohnung im Zwölften – das wäre der Hammer. Die Leute in Bülows Stall würden Augen machen, wenn sie denen ein Foto mit grandiosem Rundumblick über Hamburg schickte. Dafür müsste sie sich allerdings beeilen, denn aus ihrer alten Heimat zog eine Familie nach der anderen weg. Bald würde Mallwitz ein Geisterdorf sein.

Lillys Augen wanderten über die Platten-Fassade des Hochhauses. Zum fünften oder sechsten Mal ging das Telefonsignal hinaus.

Sic wolltc hicr unbedingt schnell einen Reitstall finden, denn ohne Pferde war ihr Leben ziemlich trist, fand Lilly. Zu Hause hing vieles an ihr. Lilly musste ordentlich mit anpacken. Für ihre alleinerziehende Mutter war es unmöglich, sich selber um alles zu kümmern. Obwohl Lilly insgeheim stolz auf ihre starke, taffe Mutter war, gingen ihr die zahlreichen Anweisungen auch oft auf den Geist. Seit sie elf war, hing im Flur eine Liste mit sogenannten »Lilly-Pflichten«.

Pausenbrote streichen
Turnbeutel kontrollieren
Essen aufwärmen
Hausaufgaben nachsehen
Fernsehkonsum beaufsichtiqen
T-Shirts bügeln
Waschbecken putzen
Staub saugen
Betten beziehen
Müll raustragen

Die Zeit in Bülows Reitstall war Lilly jedes Mal wie eine ehrlich verdiente Belohnung vorgekommen.

Sie musste in Hamburg unbedingt eine vergleichbare Anlage wie in Mallwitz finden. Einen Stall, wo sie kostenlos reiten durfte. Als Gegenleistung für Stallarbeit, so wie sie es bisher gemacht hatte. Reitbeteiligung oder Reitkarten waren im Haushaltsgeld nicht drin. Da brauchte sie sich gar keine Illusionen zu machen.

Ob sie wohl bald ein neues Lieblingspferd finden würde? Und wo? Wie würde es aussehen? Ein Brauner? Ein Schimmel? Oder ein Gescheckter so wie die Lewitzer?

Endlich ein Knacken im Handy!

»Lilly, du bist es!«

»Meine schlaue Mama! Ja, ich stehe vor unserem Haus. Ohne Schlüssel.«

Sie hörte ihre Mutter aufatmen.

»Gut, dass du da bist. Hab mir schon Sorgen gemacht.«

Der Öffner surrte.

Lilly beugte sich über den Lenker und spähte durch die Glastür nach drinnen. Die Handyjungs waren verschwunden. Mit einer Hand hob sie das Vorderrad über die Eingangsstufe und studierte im Vorbeigehen das Klingelbrett. Fast ausnahmslos türkische, arabische, russische, afrikanische Namen. Dazwischen stand tatsächlich »Beier«. Aber zweiter Stock – und nicht wie erhofft zwölfter.

»Wohnen wir etwa im zweiten Stock?«, fragte Lilly ins Telefon.

»Genau, den kurzen Gang durch, dann rechts.«

»Zweiter Stock, wie blöd«, knurrte Lilly enttäuscht. Mit dem grandiosen Rundblick wurde es nichts.

Zwei Stunden später saß die ganze Familie beim ersten Abendessen im Wohnzimmer. Zwar noch umringt von Kartons, aber die Möbel standen an ihrem Platz. Die alten Nachbarn hatten ordentlich zugepackt, geschraubt, aufgebaut und waren nun auf dem Rückweg nach Mallwitz.

Tim und Felix verschwanden sofort nach dem Essen in ihr Zimmer. Lilly hörte sie ständig kichern und Spielsachen aus Umzugskartons auf den Boden werfen.

»Komm, trink noch einen heißen Kakao.« Anne Beier füllte den Keramikbecher erneut und strich Lilly über den Kopf. »Sahst ja total verfroren aus, als du hier ankamst. Bist sowieso nur eine Handvoll.« Besorgt musterte sie ihre Tochter.

Lilly verzog das Gesicht. »Von wem ich das wohl habe?«

Ihre Mutter hatte dieselbe schmale Figur wie sie, ebensolche lebhaften blauen Augen und glatte blonde Haare, die sie genau wie Lilly zu einem Pferdeschwanz band.

Lilly umschloss den Kakaobecher mit beiden Händen und genoss den warmen Dampf im Gesicht. Allmählich taute sie auf. Es tat gut, vertraute Dinge aus ihrem kleinen Häuschen in Mallwitz um sich zu haben. Das rote Sofa, auf dem sie sich abends ausstreckte und Bücher las, wenn die Zwillinge im Bett lagen. Den bunt gewebten Teppich, das schwarze DVD-Regal, die lackierten Zebras, alles, was gestern Abend im Transporter verschwunden war.

»Schön groß die Wohnung«, sagte Lilly. »Denkt man von außen gar nicht. Aber warum hast du bloß den doofen zweiten Stock genommen, Mama? Ich dachte, wir zögen nach oben. Das wäre der Knaller. Da hat man doch einen ganz anderen Ausblick. Vielleicht sogar auf Pferdeweiden . . .«

Lillys Mutter stand auf und machte sich an einem Stapel Kartons zu schafften.

»Ganz oben wäre bestimmt schön gewesen. Aber von hier aus habe ich Tim und Felix beim Spielen besser im Auge. Räumst du deine Sachen allein ein, Lilly?«

»Hm.«

Lilly überquerte den Flur zu ihrem halb eingerichteten Zimmer. Ihr kleiner Schreibtisch stand unterm Fenster, das zur Straße hinausging. Unter ihr lag der Beifußweg in künstliches weißes Licht getaucht, das ungefiltert ins Zimmer drang. Die Rollos fehlten noch.

Lilly drückte ihre Nase an die kalte Scheibe und schaute nach draußen. Unter ihr der Hauseingang, dahinter die Straße, kahle Bäume, ein Stück Rasen. Das nächste Hochhaus stoppte die Sicht.

»Alles in Ordnung?«

Mit einem Arm voller Kinderhosen steckte ihre Mutter den Kopf durch die Tür.

Frustriert drehte Lilly sich um.

»Zweiter Stock ist echt totaler Mist. Man guckt nur gegen Hochhauswände.«

»Die wirst du ja selten sehen, Lilly. Wie ich dich kenne, verbringst du wieder jede freie Minute auf einem Pferdehof.«

»Wenn ich doch erst einen gefunden hätte, Mama.«

»Das kommt schon. Hast das ganze Wochenende Zeit, Reitställe anzusehen. Schule geht ja erst Montag los.«

Die Zwillinge quetschten sich neben ihrer Mutter vorbei ins Zimmer. »Dürfen wir Aufzug fahren?«, fragte Felix gespannt. Seine Wangen glühten vor Vorfreude.

»Meinetwegen, aber nicht ohne Lilly«, gab ihre Mutter schmunzelnd zurück. »Und nur ausnahmsweise, weil heute der erste Tag ist. Wenn der Lift ewig blockiert ist, steigen uns sonst die Nachbarn aufs Dach.«

Tim und Felix stießen ein triumphierendes Indianergeheul aus und schmusten sich mit gekonntem Wimpernaufschlag an Lilly heran.

»Machst du mit? Komm Lilly, sei kein Frosch.«

Lilly musste lachen. Ihre Brüder wussten genau, wie sie sie rumkriegten.

»Okay, aber erst packe ich noch eine Kiste aus. Raus mit euch, dann geht es schneller.«

Als Tim und Felix auf dem Flur verschwunden waren, zog Lilly ihren wichtigsten Umzugskarton näher heran. Den wollte sie ohne Zuschauer ausräumen.

»Schatzkiste Lilly«, hatte sie mit Edding auf den Deckel geschrieben. Was ihr heilig war, lag in diesem Karton. Fotos von ihren vierbeinigen Lieblingen, Reithose, Kappe, Gummistiefel, Pferdebücher.

Lilly zog die blaue Reithose hervor und drückte sie an sich. Obwohl die Hose frisch gewaschen war, verströmte sie noch den schwachen Duft von Fell und Wärme.

Wie gern sie jetzt eine Minute in die Zukunft schauen würde!

Auf welchem Pferd ich da wohl sitze?

Lilly bückte sich nach einer Klarsichthülle und schüttelte einige kleine, leicht angeknickte Fotos auf die Matratze. Pferdeköpfe. Palando, Dorio, die Schecken – waren ihre Freunde nicht ideal für die weiß gestrichene Wand über ihrem Bett?

Eigentlich bin ich zu alt dafür.

Andererseits war ihr das egal. Sie würde sowieso so schnell keinen Besuch bekommen, der sich über die Fotos lustig machen konnte. Außerdem hängte sie ja keine kitschigen Kleinkindposter auf, sondern ihre ganz persönlichen Pferdefreunde.

Entschlossen erhob sich Lilly und pinnte ihre alten Lieblinge an die neue Wand.

2.

Obwohl noch eine Menge voller Umzugskartons im Flur standen, brannte es Lilly am nächsten Morgen auf den Nägeln, nach einem Reitstall zu suchen. Während sie eilig und konzentriert auspackte, hatte nur ein Gedanke Platz in ihrem Kopf: Wenn ich doch schon ein Pflegepferd hätte!

Als sich mittags lediglich noch vier volle Kisten an den Wänden stapelten, durfte Lilly endlich los. Sie wollte einfach ins Blaue fahren, dorthin, wo sie nach dem Stadtplan die ländliche Umgebung vermutete. Das Internet war noch nicht eingerichtet, ein Telefonbuch besaßen sie bisher nicht und die »Gelben Seiten« in der Telefonzelle an der U-Bahn waren aus der Halterung gerissen.

Ihre Mutter schob eine Isoflasche mit heißem Tee und zwei Käsebrötchen in den Rucksack, als Lilly aufbrach.

»Ich drücke ganz fest die Daumen, dass du einen schönen Stall entdeckst. Aber bei Dämmerung kommst du nach Hause, hörst du?«

»Mama, ich bin vierzehn! Dann müsste ich ja schon um halb fünf zurück sein, dann ist die Sonne weg.«

»Weiß ich. Aber ich will nicht, dass du im Dunkeln in dieser fremden Gegend herumfährst.«

Lilly schulterte den Rucksack und gab ihrer Mutter einen flüchtigen Kuss.

»Wovor hast du Angst?«

»Na ja – unsere Hochhaus-Siedlung ist groß und unübersichtlich. Zwanzigtausend Menschen leben hier auf engstem Raum. Und da . . .«

Ihre Mutter zögerte und fuhr dann fort: »Bei dieser Ansammlung von Menschen sind sicher auch einige dazwischen, die Streit suchen. Und Jungs, die penetrant hinter Mädchen her sind.«

Lilly verdrehte die Augen. »Hab gestern schon ein paar komische Typen gesehen«, gab sie dann aber zu.

Lillys Mutter seufzte.

»Siehst du. Ich hätte mir gern eine andere Gegend in Hamburg ausgesucht. Aber dafür reicht das Geld nicht. Im Moment zumindest. Diese Wohnung ist für uns bezahlbar. Und die U-Bahn liegt vor der Tür. Das ist doch was.«

»Kannst cool bleiben, Mama, ich bin vorsichtig.«

Lilly fuhr ins Erdgeschoss, schob ihr Rad aus dem Fahrradraum neben dem Lift und entschloss sich, vor der Stalltour eine schnelle Runde durch das neue Viertel zu drehen, um bei Tageslicht zu sehen, wo sie gelandet war. Willkommen in Hamburg. Mallwitz war gestern. Großstadt, das hatte etwas Aufregendes, Prickelndes.

Aber als Lilly dann losfuhr, traf sie fast der Schlag.

Gestern, in der Abenddämmerung, waren ihr nur einige Hochhäuser in der Nähe aufgefallen. Erst jetzt sah sie die Ausmaße der Großsiedlung. Der Beifußweg war eingekesselt von gigantischen Wohnblocks. Beton, wohin sie blickte.

Tausend gleiche Fenster nebeneinander, übereinander, untereinander. Satellitenschüsseln ausgerichtet auf Hunderten

Balkonen. Im Schatten der Wohnsilos duckten sich kleine Geschäfte, die einzigen Farbtupfer. Sonnenstudios, Wettannahmen, Videotheken, Türken- und Russenläden.

Ansonsten sah Lilly nur Grau. Grau in allen Schattierungen. Zementgrau, Schiefergrau, Bleigrau, Mausgrau, Steingrau, Aschgrau.

Wo war das schöne bunte Hamburg, das sie von Bildern kannte? Die grüne Stadt mit Parks und Kanälen? Mit Elbe und Alster, mit Kreuzfahrtschiffen, Einkaufspassagen, roten Backsteinhäusern und weißen Jugendstil-Villen? Und wo versteckten sich die Pferde, die Rennbahnen, die Dressurplätze?

Am Beifußweg parkten einige Autos, in denen vorn und hinten halbwüchsige Jungs auf den Sitzen hingen, die ihre Wagen offenbar als Treffpunkt nutzten.

In weitem Bogen fuhr Lilly an den Autos vorbei. Anlagen wummerten. Trotz der Kälte hatten die Jungs ihre Scheiben heruntergelassen und die Ellenbogen aus dem Fenster gestreckt.

»Hey, stopp mal«, rief einer hinter Lilly her. Gleich darauf startete ein wildes Hupkonzert und Gejohle.

Lilly machte einen Schlenker und verschwand in einer Schleuse aus Müllcontainern, die sich zwischen den Hochhäusern erstreckte. Dass sie hier nicht im Dornröschenschloss gelandet war, brauchte ihr niemand zu sagen.

Warum macht Mamas dämlicher Betrieb bloß dicht und sie verschleppt mich in diese Betonwüste?

Lilly schlug wütend auf ihren Lenker ein. Es war so ungerecht!

Nirgendwo schienen Pferde weiter weg zu sein als am Beifußweg.

Sie lenkte ihr Rad aus der Großsiedlung hinaus und fuhr nach Südosten, wo die Umgebung allmählich ländlicher wurde.

Die Kälte, die der Fahrtwind Lilly ins Gesicht drückte, betäubte ihren Frust über das Betongetto.

Nicht mal meckern kann ich, dachte sie und hauchte sich die Finger warm, Mama ist so happy, dass sie in Hamburg einen neuen Job gefunden hat.

Als das einzige Werk in ihrer alten Heimat geschlossen wurde, hatte ihre Mutter sofort eine neue Stelle gesucht. Viele von Lillys Schulfreundinnen waren schon letztes Jahr weggezogen, versprengt in alle Richtungen, nach Berlin, Düsseldorf, Köln.

Der gepflasterte Radweg neben der stark befahrenen Hauptstraße lief aus. Lilly bog in einen gefrorenen Sandweg ein, der durch abgeerntete Felder führte.

Welch ein Unterschied zu ihrer Betonsiedlung! Lillys Augen wanderten über die weite Landschaft. Allmählich wich ihre gedrückte Stimmung. Sie fühlte sich zurückversetzt in die sanft gewellte Gegend rund um Mallwitz. Am Weg stapelten sich aufgeschichtete Baumstämme. In der Luft lag der Duft von frisch gesägtem Holz. In der fahlen Wintersonne funkelten weiß gefrorene Büsche.

Am Horizont zeichneten sich große Dächer ab. Das konnten nur die Dächer von Reithallen sein.

Lilly trat ordentlich in die Pedale. Der kalte Fahrtwind machte ihr nichts mehr aus, so sehr freute sie sich auf das, was sie erwartete.

Doch die angesteuerten Häuser entpuppten sich als riesige Möbeldiscounter. Also ging die Suche weiter.

Stundenlang kurvte Lilly über Feldwege und fuhr entlang von Autostraßen von Ort zu Ort. Die ganze Zeit über sah sie kein Pferd, geschweige denn einen Reitstall.

Enttäuscht schlug Lilly nachmittags den Heimweg ein. Der Raureif war unter der Januarsonne geschmolzen, die sich zunehmend verschleierte und einen bleichen, kühlen Wintertag zurückließ.

So schnell gab Lilly nicht auf. Sie würde die Suche jetzt anders anpacken. Und sie wusste auch schon, wie: Vom Dach ihres Hochhauses aus wollte sie sich einen Überblick über die grünen Gebiete rund um Hamburg verschaffen. Mit Glück erkannte man anhand von Wiesen und Paddocks sogar, wo Reiterhöfe liegen könnten.

Am Beifußweg angelangt, verstaute Lilly das Rad im Abstellraum und fuhr ohne in ihrer Wohnung haltzumachen mit dem Aufzug ins oberste Stockwerk. Die Idee mit dem Dach war ihr gestern Abend gekommen, als sie mit den Zwillingen ein paar Mal vom Keller bis zum zwölften Stock gefahren war. Aus der Kabine simste sie eine Beruhigungs-SMS an ihre Mutter.

Bin gleich zu Hause. Lilly

Sie wollte die letzten hellen Minuten ausnutzen, zumal die Nachmittagssonne sich noch einmal durch den fahlen Dunst gekämpft hatte.

Als Lilly oben ausstieg, stand sie jedoch vor einem massiven Stahlgitter mit einem Warnschild.

»Das Betreten der Dachanlage ist strengstens untersagt. Eltern haften für ihre Kinder.«

Das Verbotsschild hätten sie sich sparen können, dachte Lilly, durch das Gitter kommt sowieso niemand.

Sie sah sich um. Es musste doch eine Möglichkeit geben ... Auf dem Treppenabsatz an der gegenüberliegenden Wand entdeckte sie eine weitere Tür. Ob es dahinter auch nach oben ging?

Langsam drückte Lilly die Klinke herunter. Die schwere Metalltür ließ sich öffnen. Nach rechts und links sichernd betrat Lilly einen handtuchschmalen Flur, an dessen Ende in Brusthöhe zwei Fenster eingelassen waren.

Vielleicht kann ich durchs Fenster ...

Sie tastete die Rahmen ab. Merkwürdig, nirgends ein Fenstergriff, nur kleine vierkantige Vertiefungen.

»Neu hier?«

Ein heftiger Schreck fuhr Lilly in die Glieder. Sie schoss herum. Hinter ihr stand ein groß gewachsener Junge mit breiten Schultern. Helles Haar, an den Seiten hochgeschoren. Bomberjacke aus schwarzem Leder.

Wie verrückt begann ihr Herz zu pochen. Sechzehn oder siebzehn mochte er sein. Seine weit auseinanderstehenden wasserblauen Augen musterten Lilly abschätzend.

Was wollte der Typ von ihr? Lilly bekam es mit der Angst zu tun.

Habe ich sie noch alle, allein im Hochhaus herumzugeistern? Bloß, um nach Pferdeweiden Ausschau zu halten? Mama hat mich extra gewarnt.

»Neu hier?«, wiederholte der Junge.

Unmerklich spähte Lilly zur Fluchttür am Ende des Gangs. Würde sie es im Sprint bis dahin schaffen, wenn er ihr dumm käme?

»Gestern eingezogen.«

»Vitali«, sagte er. »Und du?«

»Lilly. Vitali klingt gut. Echt.«

Sie sprach überstürzt, wie jemand, der sich fürchtet und über seine Furcht hinwegreden will, das hörte sie selber. Trotzdem – einfach weiterreden.

»Woher kommst du? Russland?«

»Kasachstan. Was suchst du hier oben?«

Allmählich beruhigte sich Lillys Herzschlag. Eigentlich sah dieser Vitali ganz nett aus.

»Ich will aufs Dach«, sagte sie zögernd.

»Ach so, Heimweh. Willst du sehen, ob du bis zu deiner alten Heimat gucken kannst?«

»Quatsch«, sagte sie schroff.

Mit einem Blick über die Schulter vergewisserte der Junge sich, dass niemand sie belauschte. Eine Spur verlegen zuckte er die Schultern.

»Findest du das peinlich? Na ja, ich jedenfalls hatte schwer Heimweh am Anfang. Bin damals oft aufs Dach gestiegen. Habe Richtung Osten geguckt. Petropawlowsk.«

Er rieb sich das Kinn. »Mittlerweile komme ich hoch, weil ich hier oben Ruhe habe. Will mich nicht von meinem Vater zutexten lassen. Jammert dauernd.«

»Warum?«, fragte Lilly.

»Arbeitslos. Findet hier keinen Job, obwohl er Ingenieur ist. Hält es ohne Arbeit nicht aus. Ist total deprimiert. Hat dein Vater eine Stelle?«

»Mmh«, machte Lilly. Warum sollte sie einem Fremden erzählen, dass sie ohne Vater aufwuchs? Sie sprach nie über ihn, hatte ihn komplett aus ihrer Erinnerung verdrängt, seit er vor sieben Jahren ausgewandert war und sich nie mehr gemeldet hatte.

Ob dieser Vitali ihr helfen konnte, aufs Dach zu gelangen? Sollte sie ihn fragen? Oder besser nicht?

»Was ist mit dem Dach?«, hörte sie sich da schon sagen. »Weißt du, wie man raufkommt?«

Vitali grinste. Er griff in seine Jackentasche und hielt ihr ein kurzes Eisenstück unter die Nase.

»Damit.«

Er platzierte den Vierkantschlüssel im Rahmen des Fensters und drehte ihn, bis das Fenster sich öffnen ließ.

Ein routinierter Satz und Vitali stand auf dem Flachdach. Von oben streckte er die Hände nach Lilly aus.

»Na, komm schon.«

Ganz wohl war ihr nicht in ihrer Haut, trotzdem ließ Lilly sich beim Hochsteigen helfen. Sie hatte sich nun mal in den Kopf gesetzt, vom Dach aus Ausschau nach Pferdeweiden zu halten. Jetzt musste sie das auch durchziehen.

Oben pfiff der Wind heftiger als unten auf der Straße. Er drückte kalte Luft unter Lillys Jacke und plusterte sie auf.

»Komm weg hier, bevor uns jemand durchs Fenster sieht«, forderte Vitali und zog Lilly vom Einstieg weg. Sie traten vorsichtig über Abflusslöcher hinweg, umrundeten die Aufbauten für Mobilfunkantennen und einen schwarzen Würfelvorbau mit zerbeulter Eisentür.

»Die Tür dort drüben ist immer abgeschlossen«, sagte Vitali. »Geht nur durchs Fenster.«

Lilly schlang die Arme um ihre Schultern. Ihr war furchtbar

kalt. Wie merkwürdig die Welt von hier oben wirkte. Wie eingefroren. Das einzig Lebendige waren Scharen von Silbermöwen, die über das Dach strichen. Eine stattliche Möwe drehte knapp über Lillys Kopf und ließ sich auf einer Antenne nieder. Vom Gestänge aus beäugte der Vogel sie, ohne sich zu rühren. Eigentlich mochte Lilly Möwen, doch diese wirkte irgendwie lauernd. Oder erschien ihr einfach alles bedrohlich, weil sie ihre Sicherheit eingebüßt hatte, seit sie in Hamburg angekommen war? Wie kalt die unbeweglichen runden Augen wirkten. Keine Sekunde nahm der Vogel den Blick von ihr.

Auch Vitali starrte Lilly an.

Kaum bin ich einen Tag in Hamburg, da stehe ich mit einem wildfremden Kasachen auf einem Hochhausdach. Wie lebensmüde bin ich eigentlich?

Lilly blieb in Habtachtstellung, während sie den Blick schweifen ließ. Im Norden nahmen Wohnsilos komplett die Sicht. Aber im Westen – da erstreckte sich vor dem roten Abendhimmel die riesige Stadt mit runden und spitzen Kirchtürmen und mit Backsteinfassaden, die in der tief stehenden Sonne erglühten. Durch die Stadt zog sich ein endloses silbernes Band, das ab und zu hell aufblitzte.

»Die Elbe und davor der Hafen«, sagte Vitali, der ihrem Blick folgte. »Hammer, oder?«

»Ja. Tierisch schön.«

Vitali seufzte und fuhr durch sein blondes Bürstenhaar.

»Diesen Ausblick kann ich wahrscheinlich bald vergessen. Meine Eltern wollen zurück nach Kasachstan. Ausgerechnet jetzt, wo wir uns richtig eingewöhnt haben, mein Bruder und ich.«

»Ach wie blöd«, sagte Lilly geistesabwesend. Sie dachte nur an ihre Pferdeweiden.

Lilly ging weiter, dieses Mal in die andere Richtung. Und endlich entdeckte sie im Osten, was sie suchte: Weitläufige Felder und wintergraue Äcker lagen ihr zu Füßen, unterteilt durch wenige schmale Gehölze. Sogar einen Bauernhof sah sie, gesäumt von einem Strommastenwald.

Lilly wollte näher an die Brüstung herangehen, aber sofort griff Vitali nach ihrer Jacke und hielt sie fest.

»Lass das. Wenn dich jemand an der Kante sieht, hast du blitzschnell die Feuerwehr hier. Die denken, du willst springen.«

»Schwachsinn«, sagte Lilly und verdrehte die Augen. »Ich will doch nur nach Pferdeweiden gucken.«

Das wollte sie Vitali gar nicht sagen, die Weiden waren ihr einfach herausgerutscht.

»Was?«

Vitali ließ ihren Arm los und trat einen Schritt zurück. Er musterte Lilly, als ob sie nicht richtig tickte. »Bist du krank? Dafür steigst du aufs Dach?«

»Ja Mann. Ich will sehen, in welcher Richtung Reitställe liegen. War heute den ganzen Tag mit dem Rad unterwegs und hab nichts gefunden. Bin total gefrustet. Hamburg soll doch eine Pferdestadt sein.«

Vitali lachte.

»Guck ins Internet.«

»Hab im Moment keinen PC. Nicht mal ein Telefonbuch.«

»Soll ich dir was ausdrucken? Ich steck's dir in den Briefkasten. Wie heißt du hinten?«

»Das würdest du tun? Lilly Beier. Zweiter Stock. Danke, Mann.«

»Okay. Ich wohne im Vierten. Vitali Vogt.«

»Komisch. Vorne russisch, hinten deutsch.«

Vitali hob die Schultern und grinste.

»Nicht so komisch wie jemand, der aufs Hochhaus steigt, um Pferde zu sehen. Willst du noch einen Tipp hören?«

»Immer.«

»Erzähl nicht ohne Not, dass du hier wohnst. Wenn du Beifußweg sagst, hast du verloren.«

Er streckte die geballte Faust aus und drückte sie Lilly fest gegen die Stirn. »Das ist wie ein Stempel: Problemviertel.«

Lilly schüttelte seine Hand ab.

»Echt?«

»Und ob. Mit dieser Adresse kriegst du nicht mal einen Handy-Vertrag.«

»Brauche ich nicht. Meine Mutter rückt nur Prepaid heraus. Aber . . . was ist, wenn ich gefragt werde, wo ich wohne? Soll ich etwa sagen, ich liege im Hafen vor Anker?«

»Hast ja Fantasie! Sag einfach, du kommst aus der Gegend Bergedorfer Hauptstraße. Mache ich auch. Die ist ewig lang und führt durch viele Wohngebiete. Und jetzt runter, bevor der Hausmeister uns entdeckt.«

Noch am selben Abend fand Lilly im Briefkasten im Hauseingang zwei Seiten mit Reitstall-Adressen. Dabei lag ein handgeschriebener Zettel mit Vitalis Handynummer und der Bemerkung »Kannst dir den Fenstergriff bei mir abholen, wenn du wieder hoch willst«.

Lilly schrieb ihm sofort eine SMS.

Cool, die Adressen. Danke. Lilly

Schon okay. Vitali

Aufgekratzt setzte Lilly sich abends mit dem neuen Stadtplan an ihren Schreibtisch und notierte sich die Strecken zu einem halben Dutzend Hamburger Reitställe.

3.

Am nächsten Morgen, es war Sonntag und der letzte freie Tag vor Schulbeginn, packte Lilly zwei Bananen ein und verschwand ohne Frühstück aus dem Haus. Ihre Mutter schlief noch. Lilly hatte ihr einen Zettel unter die Kaffeedose geschoben.

Bin mit Bus und Bahn unterwegs zu Reitställen. Drück die Daumen, dass ich etwas finde. Bin wieder da, bevor es dunkel wird. Hab mein Handy an. XXX.

Um acht Uhr saß Lilly in der U-Bahn auf dem Weg zum ersten Reiterhof. Sie musste mehrfach umsteigen. Lilly irrte durch ein Gewirr von unterirdischen Gängen und Treppen. Eine fremde Welt. Es würde nicht leicht werden, sich in dieser großen Stadt heimisch zu fühlen. Wenn sie an den U-Bahn-Knotenpunkten zwischen all den unbekannten Menschen auf einem Bahnsteig stand, fühlte sie sich ganz verloren. Leise kroch das Gefühl in Lilly hoch, dass sie hier völlig unbedeutend war. Allein unter Millionen. Wen interessierte es schon, ob sie hier gern lebte oder nicht?

Wie anders und überschaubar war dagegen das Leben in Mallwitz gewesen.

Andererseits wusste Lilly: Wenn sie erst einen Reitstall gefunden hatte, eine Adresse, wo sie hinfahren und ohne Erklärungen zur Heugabel und zur Mistkarre greifen konnte, zum

Putzzeug und zum Hufkratzer, wo die Pferde ihre Köpfe hoben, sobald sie ihre Schritte auf der Stallgasse hörten – dann konnte sie auch in Hamburg zu Hause sein.

Es wurde eine frustrierende Rundfahrt mit Bussen, U-Bahnen und S-Bahnen. Obwohl es so viele Reitanlagen gab, schien es, als sei jeder einzelne Hof komplett mit arbeitswilligen Mädchen ausgestattet. Oft gab es auch Angestellte, ausgebildete Pferdewirte und Futtermeister.

Mittags meldete sich ihre Mutter. Selten hatte Lilly sich so gefreut, ihre vertraute warme Stimme durchs Handy zu hören, auch wenn ein wenig Sorge mitschwang.

»Na, Lilly, findest du dich zurecht in der Stadt? Hab ein mulmiges Gefühl, dass du so allein unterwegs bist.«

»Ach was, Mama, hier läuft alles ganz easy.« Auf keinen Fall wollte Lilly, dass ihre Mutter etwas von ihrer Enttäuschung mitbekam. Außerdem war ja noch nicht aller Tage Abend. Es gab noch so viele Reitställe zu besuchen . . . Doch nach jedem weiteren vergeblichen Versuch schrumpfte Lillys Hoffnung. Sie, die in ihrem ganzen Leben noch nie verzagt gewesen war, spürte nun, wie sie in der Millionenstadt den Boden unter den Füßen verlor. Bis zum späten Nachmittag machte Lilly keinen Hof ausfindig, der infrage kam.

Sie hatte einen Knoten im Magen, als sie im Linienbus zu den Hamburger Walddörfern saß, der sie zum letzten Reiterhof für heute bringen sollte. Wie allein sie sich fühlte. Panik flog sie an, als sich plötzlich eine neue, höhnische Stimme in ihrem Inneren meldete.

Glaubst du, die Hamburger Reitställe haben auf dich gewartet?

Diese spöttische Tonart kannte sie bisher nicht aus ihren

Gedanken. Tapfer versuchte Lilly, die Stimme in ihrem Kopf zu unterdrücken, aber sie flüsterte weiter.

Hier bist du eine von vielen, Lilly Beier, nichts Besonderes wie in Bülows Reitstall. Wen interessiert es in Hamburg, ob du gut reiten kannst? Mädchen wie dich gibt es zu Hunderten.

Unwillkürlich hielt Lilly sich die Ohren zu. Sie wollte dieses hässliche Raunen nicht hören, das ihr Selbstbewusstsein anknackste.

Der Bus fuhr in die Haltebucht ein. Lilly sprang hinaus und rannte, ohne einmal stehen zu bleiben, bis zum Reiterhof.

Hinterm Stall traf Lilly auf den Reitlehrer, einen freundlichen Ur-Hamburger, der sie mit »Moin, moin« begrüßte. Offenbar hatte er gerade Unterricht gegeben und war nun dabei, die Abendfütterung vorzubereiten.

Inzwischen kannte Lilly ihren Text auswendig, schließlich hatte sie heute schon bei fünf Ställen vorgesprochen.

»Ich bin vorgestern nach Hamburg umgezogen. Ist es bei Ihnen möglich, Reitstunden durch Hilfe im Stall abzuarbeiten? Ich reite seit vier Jahren.«

Der sportliche Mann stützte sich auf die Heugabel, mit der er soeben breite Lagen von Heulage von einem Ballen gelöst hatte.

»Weißt du, ich habe einen festen Angestellten und schon mehrere Mädchen, die regelmäßig helfen. Was du suchst, findest du vermutlich eher in einer kleinen privaten Anlage.«

Lilly bückte sich und hob die gelockerte Heulage auf eine Schubkarre. Wie ein Reflex war das. Wer lange im Stall gearbeitet hatte wie sie, konnte gar nicht anders, als zuzupacken, wenn es nötig war.

Dann fühlte sie den erstaunten Blick des Reitlehrers und wurde rot.

»Oh, sorry ... das war ganz automatisch.«

»Du bist richtig! Siehst gleich, wo Arbeit wartet. Wohnst du hier in der Nähe?« Er fuhr fort, Heu abzuwickeln.

»Nicht wirklich. Beifußweg.«

Als sie den Straßennamen nannte, sah er unwillkürlich auf, flüchtig nur, aber sie bemerkte es trotzdem.

Genau, wie Vitali vorhergesagt hat. Der Beifußweg scheint ja echt einen super Ruf zu haben ...

»Also Hamburg-Ost. Ganz schön weit bis hierher«, sagte er. »Zu umständlich. Warte eine Sekunde, ich schreibe dir eine Adresse in deiner Nähe auf. Grüntalhof, ein kleiner, privater Stall. Keine Reitschule. War früher ein Rinderbetrieb, Pferde stehen dort erst seit ein paar Jahren.«

Der Reitlehrer zog einen Einkaufsbon aus der Hosentasche, kritzelte die Adresse auf die Rückseite und gab ihn Lilly.

»Könnte mir denken, dass die Leute dort Arbeitsmöglichkeiten für dich haben. Ich glaube, vor der Anlage hält sogar ein Linienbus.«

»Supernett von Ihnen. Danke schön.«

Endlich ein Hoffnungsschimmer.

Als Lilly den Stall verließ, zog die Dämmerung als rosagraues Wolkenband über den Weiden herauf. Heute war es zu spät für den Grüntalhof. Aber morgen, gleich nach der Schule, würde sie hinfahren.

4.

Als Neue in eine Klasse zu kommen, stellte Lilly sich grauenhaft vor. Sie wunderte sich darum nicht, dass sie Montagmorgen mit Bauchschmerzen aufwachte. Das war Stress pur. Nicht einmal die Aussicht auf den Grüntalhof half ihr über die Aufregung hinweg.

Zu Hause ging es hektisch zu. Lillys Mutter lief nervös zwischen Bad und Flurspiegel hin und her und zog sich dabei die Lippen nach.

»Kinder, macht hin, ich kann nicht gleich am ersten Tag zu spät kommen.«

Lilly war erleichtert, dass sie die Zwillinge nicht in die neue Schule bringen musste. Das übernahm ihre Mutter, weil die Sache mit der Nachmittagsbetreuung geklärt werden musste. Tim und Felix haben es gut, dachte Lilly, als sie das Hochhaus verließ. Die sind immer zu zweit, auch jetzt in der neuen Schule. Ich muss mich allein durchschlagen.

Mit Dutzenden anderen Leuten stieg Lilly die Treppe in den Untergrund zur U-Bahn hinab. Nach einigen Stationen musste sie umsteigen und quetschte sich in den Bus zu ihrem neuen Gymnasium. Jetzt um halb acht im Berufsverkehr war der Bus bis zum letzten Platz gefüllt. Lilly musste stehen. Drei Jungs, nicht viel älter als sie, schoben sich durch den Gang, drängelten die Fahrgäste mit Ellenbogen rücksichtslos beiseite. Beim

, sten Bremsen ließen sie sich aggressiv gegen ihren Ne-
ɔenmann fallen.

Stumm studierte Lilly den Streckenplan über sich an der Busdecke. Hier wehte ein anderer Wind als in ihrem beschaulichen Dorf auf der anderen Elbseite. Sie würde sich ganz schön umstellen müssen.

Noch drei Stationen. Lilly versuchte, sich unsichtbar zu machen, und starrte aus dem Fenster in die Morgendämmerung.

Endlich schnarrte die Automatenstimme durch den Bus.

»Gymnasium Südost.«

Lilly sprang aus der Tür. Mit ihr stiegen lediglich zwei andere Schüler aus. Aus dem Bus gegenüber, der fast gleichzeitig aus anderen Stadtteilen vorfuhr, quollen dagegen Massen von Jugendlichen.

Auf dem weitläufigen Pausenhof schlurften aus allen Richtungen neue Schüler herbei und umarmten sich, wenn sie zusammentrafen. In kleinen Gruppen standen sie beieinander, grau und schwarz gekleidet, die meisten in Jeans. Einige in Lillys Alter hörten auf zu reden, als sie mit gesenktem Kopf vorüberhuschte.

Furchtbar, die Neue zu sein. Immerhin habe ich das richtige Anziehteil für diesen Laden an.

Lilly duckte sich in die Kapuze ihres grauen Sweatshirts, steckte die Hände in die gleichfarbige Steppjacke und eilte auf das lang gestreckte Schulgebäude zu.

Neben der Cafeteria hing das Hinweisschild »Zum Schulbüro«. Dort sollte sie sich melden.

Am Empfangstresen lehnte eine schlanke Frau mit sehr kurzem Haar, randloser Brille, Jeans und Norwegerjacke. Unterm

Arm trug sie eine Ledertasche, die schier aus den Nähten platzte.

»Bist du Lilly Beier?«, fragte sie freundlich, als Lilly eintrat.

Lilly nickte überrascht. Sie wurde abgeholt?

»Prima. Ich bin Frau Schulte, deine Klassenlehrerin.«

Sie streckte Lilly die Hand entgegen. »Herzlich willkommen bei uns im Südost. Gehen wir gleich zusammen nach oben.«

Im ersten Stock bahnten sie sich einen Weg durch lärmende, lachende Schülermassen zur Ecktür mit dem Schild »Klasse 8a, Frau Schulte«.

Gemächlich verteilten sich zwei Dutzend Mädchen und Jungen an Zweier- und Vierertische, als Frau Schulte hereintrat. Vor der Wandtafel blieb die Lehrerin stehen.

»Ich habe euch eine neue Mitschülerin mitgebracht, Lilly Beier.«

»Hi«, piepste Lilly.

Oh nein! Vor Ärger über ihre Kleinkindstimme hätte Lilly sich am liebsten ein Loch in die Lippe gebissen. Wieso flüsterte sie so peinlich? Warum sagte sie nicht laut und deutlich »Morgen zusammen« oder so etwas? Jetzt würden sie alle für eine graue Maus halten, die den Mund nicht auf bekam.

»Wir haben letzte Woche einen neuen Sitzplan aufgestellt. Für dich habe ich einen Platz neben Maike frei gehalten.«

Frau Schulte zeigte auf eine kleine Blonde mit krausem Haar und Zahnspange. »Gleich dort drüben an der Türseite.«

Maike grinste Lilly neugierig an, als sie ihren Rucksack an den Haken hängte und den Stuhl zurückzog. Sofort kam die gefürchtete Frage »Wo wohnst du?«.

Auf keinen Fall sage ich Beifußweg . . . ich bin gewarnt.

»Bergedorfer Hauptstraße«, flüsterte Lilly. »Nicht genau, aber in der Nähe.«

Maike nickte und zog eine Mappe aus dem Rucksack. Die Auskunft schien ihr zu genügen.

Vor der Pause hatte Lilly Angst. Worüber sollte sie reden? Und mit wem? Konnte sie sich vielleicht in ein Gespräch über Pferde einklinken? Oder gab es hier Cliquen, die sich wie Betonmauern abschotteten?

Aber zu Lillys Erleichterung bewegten sich die Schüler in der Pause ohne feste Gruppen zwischen Cafeteria und Schulhof, riefen sich im Vorbeigehen etwas zu.

Heute schienen alle nur ein Gesprächsthema zu haben: ein geplatztes Konzert.

Wer die Alphaleute in der 8a waren, war Lilly schnell klar: Patrick, Tobias und Charlotte. Der baumlange Patrick war der umschwärmte Modefuzzi der Klasse. Tobias machte großspurig auf Macho.

Und dann war da Charlotte, groß, blond und lustig – ein besonderer Fall. Als Einzige in der Klasse trug sie flippige Teile: Nietenarmband, Haarreifen mit Steinchen, tief ausgeschnittenes Glanzshirt und Röhrenjeans, die in schwarzen Arbeiterboots steckten. Dabei hatte sie gar nicht die Figur für enge Sachen. Charlotte war ziemlich pummelig, was sie allerdings wenig zu stören schien.

Selbst dann nicht, als Patrick sie provozierend anmachte.

»Mann, Charlotte, ich dachte, nach deiner Mandel-Operation konntest du nichts essen! Aber du bist noch fetter geworden, oder?«

Da blitzte sie ihn aus ihren blauen Augen an und lachte nur.

»Na klar. Damit ich Kerle wie dich plattwalzen kann, wenn sie mir dumm kommen.«

Lilly konnte sie nur bewundern.

Pferde wurden nur ein einziges Mal erwähnt, als Tobias unter dem Gelächter der Klasse über die Freundin seines Bruders lästerte: »Eine blöde Pferdetussi! Hat nur Stroh im Kopf wie ihre dummen Gäule.«

Da war Lilly klar: Wenn sie Wert darauf legte, in der 8a ein Außenseiter zu bleiben, musste sie nur erzählen, dass sie einen Reitstall suchte.

Tobias riss dauernd unterirdische Witze, über die meistens gelacht wurde, auch über seine Fotos, die er heimlich auf dem Handy in die Runde zeigte. Lilly blinzelte über das Display hinweg auf den Boden. Die Bilder waren ihr peinlich, aber sie sagte nichts. Sollte sie als spießiges Landei gelten?

Wird hart, sich mit diesen Typen anzufreunden. Jetzt brauche ich noch dringender ein Pferd als Rettungsanker.

Als der Schlussgong um kurz nach zwei ertönte, sprang Lilly auf und sauste nach draußen. Bloß nicht an der falschen Seite der Straße auf den Bus warten, wo jeder sehen konnte, dass sie Richtung Beifußweg fuhr.

Sie lief ein Stück zu Fuß bis zur nächsten Haltestelle. Der erste Schultag war geschafft.

Jetzt musste sie nach Hause, Hausaufgaben machen. Und zwar möglichst schnell.

Denn sie wollte heute nur eins: zum Grüntalhof.

Am späten Nachmittag stieg Lilly an einem breiten Rasenstück, das den Grüntalhof zur Hauptstraße begrenzte, aus dem Bus. Obwohl sie umsteigen musste, war sie schnell am Ziel gewesen.

Von der Haltestelle aus blickte Lilly über die kleine Anlage, die in einer weiten, nach Süden hin offenen Senke lag. In der Mitte des Hofs ragte die Reithalle auf. Bei dem angrenzenden Gebäude rechts musste es sich um den Stall handeln, denn davor lagen einige eingezäunte Einzelpaddocks.

Lilly peilte die Lage. Draußen war niemand zu sehen. Auch nicht auf dem Außenreitplatz weiter hinten. Jetzt im Januar war der Boden sicher holprig hochgefroren. Unter einer Reihe kahler Bäume stand ein ausgedienter Lastwagen-Anhänger mit Plane. Lilly kannte solche Hänger. Bei ländlichen Wettkämpfen wurden sie als Sitz für die Turnierrichter mit Girlanden geschmückt.

Heißt das . . . es gibt hier sogar kleine Turniere?

Mit klopfendem Herzen lief Lilly den abschüssigen Asphaltweg herunter. Vor einer struppigen Hecke parkten zwei Golfs. Der Parkplatz wurde am Ende von einem zweigeschossigen Haus begrenzt.

Bestimmt wohnte dort der Besitzer. Sollte sie klingeln?

Ach nein, lieber vorher einen Überblick gewinnen. Erst mal zum Stall. Die hohe Holztür war nur angelehnt. Vorsichtig zog Lilly sie ganz auf.

»Hallo«, rief sie halb laut. »Darf ich mich mal umsehen?«

Zwischen Sattelkammer und weiß gefliestem Waschplatz betrat sie die helle Stallgasse. Lilly atmete tief durch. Schön, so eine vertraute Stallumgebung.

»Ist hier jemand? Hallo?«

Ungefähr ein Dutzend brauner und schwarzer Pferde streckte Lilly interessiert die Köpfe entgegen. Ausnahmslos gepflegte Großpferde.

»Hallo, ihr Süßen«, flüsterte sie.

Einige Pferde standen im Freien auf vorgebauten Paddocks. Lilly sah sie draußen dösen, hinter Vorhängen aus glasklaren Pendelstreifen, die als Kälteschutz für den Stall dienten.

Die Stallgasse wirkte verwaist, obwohl drei aufgeklappte Putzkastendeckel und Striegel vor den Boxen davon zeugten, dass irgendwo Reiter herumschwirrten.

Lilly warf einen raschen Blick auf die Stalltafeln an den Boxen. Auf allen Schildern standen Besitzernamen, soweit sie das erkennen konnte. Schulpferde schien es nicht zu geben. Auch keine Ponys.

Wahrscheinlich reiten hier viele Erwachsene, dachte Lilly hoffnungsvoll. Berufstätige, die erst abends kommen. Wer einen Job hat, brauchte auch ein Pflegemädchen.

Lilly verließ den Stall und ging den kurzen Weg über den Hof zur Reithalle hinüber. Zentimeterweise, um nicht aufzufallen, zog sie die Tür auf und spähte durch den Spalt.

Vielleicht finde ich jemand, der mir sein Pferd zum Pflegen gibt. Oder zum Trockenreiten.

Drei Pferde waren in der Halle unterwegs. Zwei riesige Braune, die unter ihren perfekt sitzenden Reiterinnen auf dem Zirkel gingen. Als Dritter trabte gerade ein mittelgroßer Schimmel mit wallender Mähne am Türspalt vorüber. Er äugte nach rechts und spitzte die Ohren. Lilly lächelte, natürlich nahm er sie mit seinen feinen Antennen wahr.

Lilly schob sich näher an die Türöffnung. Sie wollte mehr von ihm sehen. Wie herrlich der Schimmel über den Boden schwebte! Wie effektvoll er die Beine anhob! Scheinbar schwerelos wirkte das, obwohl seine Reiterin fast zu groß für ihn war. Das Pferd war nicht ungewöhnlich hoch. Kein Riese wie der Rotbraune auf dem oberen Zirkel, trotzdem schien der Schimmel den ganzen Raum auszufüllen. Lilly war wie geblendet. Wo er ging, leuchtete die Halle.

»Präsenz nennt man das, wenn ein Pferd ein echter Hingucker ist«, hatte Reitlehrer Bülow gesagt. »Dabei kommt es gar nicht auf die Größe an. Selbst ein kleines Fjordpferd kann alle anderen überstrahlen. Das liegt einfach an der Persönlichkeit des Pferdes.«

Was für eine Rasse mochte der Schimmel sein?

Lilly kannte viele Ponys und Pferde, Haflinger, Fjordies, Shettys, Lewitzer Schecken natürlich, Araber, Hannoveraner, Holsteiner, Mecklenburger, Trakehner, Oldenburger, Freiberger, Württemberger, Westfalen, aber dieser war etwas niedriger und kompakter als die gängigen Großpferde. Und dann der wallende Behang, die gewellte Mähne und der Schopf, der weit in die Stirn fiel. Ein Lipizzaner vielleicht? Berber? Oder ein Spanier?

So einen reiten zu dürfen . . .

Erhoff dir bloß nicht zu viel, höhnte die neue Warnstimme in Lillys Kopf. *So ein Prachtkerl – dafür stehen die Pflegemädchen Schlange. Meinst du, der Besitzer ist ausgerechnet auf dich angewiesen?*

Lilly stand vor der Tür mit ihren neuen Minderwertigkeitsgefühlen und kam sich grau vor. Als hätte der Beton aus der Siedlung schon auf sie abgefärbt.

Der Schimmel wurde zum Schritt durchpariert, marschierte

jetzt mit raumgreifenden Bewegungen auf dem zweiten Hufschlag neben der Bande und wurde in der Mitte zum Halten aufgestellt.

Diese große Reiterin . . . auf unbestimmte Weise kam sie Lilly bekannt vor, aber unter dem runden Schutzhelm konnte man sie schlecht sehen.

Sicher verwechsle ich sie, dachte Lilly, außer Vitali kenne ich doch keinen Menschen in Hamburg.

»Machst du schon wieder Schluss, Charlotte?«, rief die Frau auf dem Dunkelbraunen aus der Ecke. »Hast es ziemlich eilig in letzter Zeit.«

Charlotte hieß sie? Lilly wurde hellhörig. Doch nicht etwa . . .

»Ja, blöd. Hab so viel für die Schule zu tun.«

Die junge Reiterin schwang sich aus dem Sattel, zog die Bügel hoch und rieb ihr Gesicht liebevoll am Nasenrücken des weißen Pferdes. Im nächsten Moment richtete sie ihren Blick auf die Hallentür.

Tatsächlich: Charlotte aus ihrer Klasse.

Unglaublich.

Lilly zuckte zurück. In aller Hast drehte sie sich um, lief an der Halle entlang und verbarg sich hinter der nächsten Ecke. Aus dem Versteck lugte sie zum Ausgang. Wenig später trat Charlotte mit ihrem Pferd am Zügel aus dem Tor. Zärtlich strich sie dem Schimmel über die Backe und flüsterte ihm ins Ohr, während sie ihn über den Hof zum Stalleingang führte, der keine zwanzig Schritte entfernt lag.

Lilly biss sich auf die Unterlippe. Hier jemanden aus der 8a zu treffen, überraschte sie. Damit hatte sie nicht gerechnet, nicht nach diesem ersten Schultag. Andererseits – wenn überhaupt jemand aus ihrer Schule ritt, dann natürlich hier auf dem Grüntalhof. Schon wegen der guten Busverbindung.

Unschlüssig stiefelte Lilly auf dem schmalen Streifen hinter der Halle auf und ab, wo das graue Gras vom letzten Jahr stand, das ihr feucht um die Waden strich.

Was sollte sie tun? Einfach zu Charlotte in den Stall marschieren und sie ansprechen?

Aber wie? Etwa: »Witzig, dass ich dich hier treffe. Du brauchst nicht zufällig eine Reitbeteiligung? Ich bin ziemlich gut in Dressur. Soll ich mal vorreiten? Bezahlen kann ich allerdings nichts, aber ich könnte deine Stallarbeit übernehmen.«

Nein, idiotisch.

Überhaupt ein irrer Traum zu glauben, Charlotte hätte keine Reitbeteiligung für ein derart edles Pferd. Jeder würde sich die Finger danach lecken, jeder. Charlotte würde kaum auf sie warten . . . ausgerechnet auf sie, Lilly Beier, die Neue in der Klasse.

Dass Charlotte in der 8a zu den Alphaleuten gehörte, machte es doppelt heikel. Nach diesem einen Schultag konnte Lilly sie noch nicht wirklich einschätzen. Lustig und selbstbewusst war sie heute Morgen gewesen, das stand fest. Aber war Charlotte auch fair? Oder ein Biest? Eine fiese Ratte vielleicht? Mit Pech erzählte sie in der 8a: »Die Neue ist mir heimlich zum Reiterhof gefolgt. Wollte sich anschleimen. Dabei hat diese Lilly nicht mal Geld für eine Reitbeteiligung.«

Dann hatte sie gleich zweifach verloren. Auf dem Grüntalhof und in der Schule.

Zum zehnten Mal wechselte Lilly die Richtung auf ihrem

Marsch hinter der Hallenrückwand. Das nasse Gras hinterließ Wasserränder im Stoff der Turnschuhe. Ihre Füße fühlten sich klamm und kalt an.

Wie verliebt Charlotte ihren schönen Schimmel getätschelt hatte.

Wer so nett zu Pferden ist, kann doch kein Fiesling sein. Ich gehe rein und spreche sie an.

Lilly wagte sich aus der Deckung hervor.

Im selben Moment schoss Charlotte aus der Stalltür und rannte den Weg zur Haltestelle hoch. Auf der Hauptstraße rollte der rote Stadtbus vor. Wahrscheinlich hatte Charlotte die Abfahrtzeiten haargenau im Kopf. Leise zischend öffneten sich die Bustüren und schon war ihre neue Mitschülerin dahinter verschwunden.

»Bescheuert«, sagte Lilly laut und versetzte der Holzwand einen Fußtritt. »Warum habe ich bloß gewartet?«

Dass Charlotte so blitzschnell mit dem Putzen fertig war, konnte sie schließlich nicht ahnen. Und nun? Den nächsten Bus nach Hause nehmen? Oder – weil sie sowieso hier war – im Stall nach Arbeitsmöglichkeiten fragen?

Die zweite Möglichkeit!

Lilly strebte dem Stall zu. Sie fror jetzt, zog die Schultern hoch. Ihre Füße fühlten sich an wie Eisklumpen, kein Wunder bei den durchnässten Schuhen.

Wie vorhin lag der Pferdestall menschenleer vor ihr. Am Eingang blieb Lillys Blick an einem Pinnbrett mit handgeschriebenen Nachrichten hängen. Sie könnte dort einen Zettel anbringen: »Reitbeteiligung gegen Stallarbeit gesucht. Vier Jahre Reiterfahrung.«

Aber das hatte Zeit. Nun erst einmal zu Charlottes Pferd ...

Mit schnellen Schritten ging Lilly an der Sattelkammer vorbei, spähte auf die Stallgasse, ob sie den Schimmel entdeckte ... und da stand sie auch schon vor ihm.

Fasziniert verharrte Lilly vor seiner Box.

»Arcos«, las sie an der Boxentür, der ersten von allen. »Andalusier.«

Lilly seufzte vor Bewunderung, als sie das Pferd betrachtete. Arcos sah aus wie aus einem Märchenbuch entsprungen. Wie perfekt sein Rücken geformt war. Und diese muskulösen Schultern, die breite Brust. Wenn er vorgebeugt dastand wie jetzt, konnte man seine schön gerundete Kruppe mit dem üppigen Schweif sehen. Über den schimmernden Hals wallte eine dichte weiße Mähne lang herunter. Perfekter konnte ein Pferd nicht aussehen. Dabei hatte sie sein Gesicht noch gar nicht gesehen, denn der Andalusier hatte die Nase ins Stroh gesenkt und fraß.

»Eigentümer: Kerstin Stieger«, stand neben Arcos' Namen geschrieben.

Also gehörte er Charlotte gar nicht. War Kerstin Stieger ihre Mutter? Oder war Charlotte die Reitbeteiligung?

Arcos blickte auf, kurz nur, und beäugte Lilly. Was für schöne Augen er hatte. So warm. So ausdrucksvoll.

Es kam Lilly vor, als vergewisserte sich das Pferd, dass auf der Stallgasse alles seine Richtigkeit hatte mit dem unbekannten Menschen dort. Mit diesem zerbrechlichen, frierenden Mädchen im Kapuzenshirt. Nach wenigen Sekunden schien er seine Überprüfung abgeschlossen zu haben, denn Arcos wandte sich wieder seinem frischen Stroh zu.

Mit beiden Händen umfasste Lilly die glatten Gitterstäbe und beobachtete Arcos, wie er genussvoll und bedächtig Halm für Halm im Maul verschwinden ließ.

Wie kann man von diesem Traumpferd so schnell wegrennen wie vorhin Charlotte? Ich würde bis Mitternacht bleiben, wenn ich nur dürfte. Ach was, die ganze Nacht.

Ja, aber du darfst nicht, meldete sich die spöttische Stimme in ihrem Kopf. *So ein Pferd ist etwas für Leute mit Geld. Schlag dir den Andalusier aus dem Kopf, Lilly Beier.*

Lilly versuchte, so gut es ging, die zweite Stimme zu ignorieren. Sie konnte sich einfach nicht von Arcos lösen. Was für ein Pferd. Über spanische Pferde hatte sie letztes Jahr eine ausführliche Reportage gelesen, aber wirklich und wahrhaftig vor einem Andalusier zu stehen, war doch etwas anderes.

Erneut hob Arcos den Kopf. Leicht irritiert musterten seine schwarzen Augen Lilly.

Ist noch was?

Lilly hielt die Luft an.

Er nahm Kontakt auf!

Er redete mit ihr – so nannte Lilly das, wenn ein Pferd Signale sendete. Signale, die man als Mensch verstand, wenn man gut genug hinhörte. Wenn man ein Pferd nur genau genug beobachtete und sich in seine Gedankenwelt hineinversetzte. Palando, ihr verschmuster Mecklenburger, war so ein besonderes Pferd gewesen, mit dem sie sich perfekt verständigen konnte. Manchmal hatte Lilly bei ihm das Gefühl gehabt, sie könnte wörtlich aufschreiben, was er ihr mitteilen wollte. Seine Freude, seine Ängste, seine Vorlieben, sein gesamtes Seelenleben.

Und nun Arcos.

»Soll ich wiederkommen?«, flüsterte sie, als er vom Boden zu ihr nach oben schielte.

Sehr leise sprach Lilly, für den Fall, dass jemand sie hörte und für verrückt hielt, weil sie wie eine Gestörte vor sich hin brabbelte. Eine der Reiterinnen womöglich, bei denen sie sich nach einem Pflegepferd erkundigen wollte. Aber sie sah niemanden auf der Stallgasse.

Und plötzlich wollte Lilly auch gar nicht mehr, dass jemand aufkreuzte, den sie nach einer Reitbeteiligung fragen konnte.

Denn für Lilly gab es nur noch ein Pferd. Für sie stand fest: Sie wollte Arcos.

Größenwahnsinnig kam Lilly sich bei dem Wunsch vor. Überheblich. Lillys zweites Ich setzte ihr in Gedanken schwer zu.

Mach dich nicht lächerlich! Du bist darauf angewiesen, dass jemand dir großzügig seinen Vierbeiner zum Pflegen überlässt! Glaubst du, du könntest auch noch auswählen, welches Pferd du reiten willst?

Auf dem Hof wurden Frauenstimmen laut.

Lilly schreckte zusammen. Die beiden Reiterinnen aus der Halle?

Fluchtartig verließ Lilly den Stall. Sie rannte durch die offen stehende Tür an der Rückseite nach draußen. Niemand durfte sie hier sehen, bevor sie mit Charlotte gesprochen hatte. Sonst roch ihr Besuch auf dem Grüntalhof tatsächlich nach Anwanzen.

Lilly linste um die Stallecke. Als sie keinen Menschen gewahr wurde, lief sie an den Paddocks vorüber zur Hauptstraße hinauf.

An der Bushaltestelle zog es von allen Seiten. Lilly zerrte sich die dünne Kapuze über die Ohren, drückte sich in die Ecke des gläsernen Wartehäuschens und fuhr mit dem Zeigefinger über die Abfahrtszeiten des Fahrplans. Fünfzehn Minuten musste sie auf den Bus warten. Mindestens vierzehn Minuten lang hätte sie also noch bei Arcos bleiben können.

Sehnsüchtig schaute Lilly zum Stall hinüber. Vierzehn verschwendete Minuten. Nicht mal verabschiedet hatte sie sich von ihm.

Lilly begann zu bibbern und hüpfte auf der Stelle. Wie ungemütlich kalt es an der Landstraße war.

Im vorderen Paddock tat sich etwas. Zwei Stränge herabbaumelnder Folienstreifen teilten sich und der Andalusierschimmel schob sich durch den Schutzvorhang nach draußen.

Mit erhobenem Kopf trat Arcos ins Freie, ließ seinen Blick schweifen, wuchs – und wandte ihr langsam sein Gesicht zu.

Lillys Herz klopfte schneller. Suchte er sie?

Bilde dir bloß nichts ein, Lilly Beier, das Pferd hat dich nur ein einziges Mal gesehen.

Egal. Sie sah doch, was sie sah – nämlich seinen Blick, der über den Hof genau in ihre Richtung zielte.

Aber warum wollte Arcos wissen, wo sie geblieben war? Es hatte doch gar keinen echten Kontakt gegeben zwischen ihr und ihm. Jedenfalls nicht den üblichen. Kein Schnauben, kein Schmusen, kein Anstupsen. Nur so beredt geguckt hatte er, mit diesem fragenden Blick: *Ist noch was?*

Oder war das pure Einbildung gewesen? War ihr Wunsch übermächtig, er möge mit ihr reden?

Lilly drängte ihre Zweifel beiseite.

Fest stand: Arcos war aus seiner Box gekommen.

Fest stand: Er sah zu ihr herauf.

Fest stand auch, dass sie plötzlich nicht mehr fror.

Ein Zauber ging von dem Pferd aus, ein eigenartiger, fesselnder Reiz – selbst auf die Entfernung noch.

Es war, als hätte sein durchdringender Blick einen Glücksschalter in ihr umgelegt.

Ich setze Himmel und Hölle in Bewegung, um Arcos reiten zu dürfen.

5.

Wenn ich mich noch einmal zu Charlotte umdrehe, dachte Lilly, als sie am nächsten Morgen im Klassenraum zum wiederholten Mal zu ihr hinüberlinste, sieht das aus, als suchte ich Anschluss bei ihr, weil sie das Alphamädchen ist. Dabei geht es mir doch gar nicht um sie. Nur um Arcos.

Leider saß Charlotte in der entgegengesetzten Zimmerecke, an einem Vierertisch am Fenster.

Sie hatten Deutsch, Aufsatz. Innere und äußere Handlung. Techniken des Erzählens hatte Lilly auf ihrer alten Schule schon vor einem halben Jahr durchgenommen. Statt zuzuhören, konnte sie also unbesorgt darüber nachgrübeln, wie sie das Gespräch auf Pferde bringen konnte. Leider fiel ihr aber nichts Gescheites ein.

In den Pausen wachte sie aufmerksam, ob sie Charlotte mal für ein paar Minuten allein erwischte, aber keine Chance. Immerhin schaffte es Lilly, ein paar unverfängliche Worte mit ihr zu wechseln, wenn auch inmitten von Mitschülern. Zu Lillys Freude grüßte Charlotte sie von dem Moment an mit lässigem Handheben, wenn sie sich in der Cafeteria oder auf der Treppe begegneten. Doch mehr wurde nicht daraus, auch in den nächsten Tagen nicht.

Es war zum Verrücktwerden. An Charlotte war einfach kein Herankommen. Mittwoch und Donnerstag stand sie in der großen Pause ständig mit einem schwarz gekleideten Typen aus der Oberstufe zusammen. Da traute sich Lilly erst recht nicht zu ihr hin.

Auch nach der Schule hatte sie keine Chance, denn Charlotte rannte immer sofort zum Bus.

Am Freitag hielt Lilly es nicht länger aus. Sie musste endlich offiziell zum Grüntalhof fahren, zu Arcos, sonst wurde sie noch ganz irre. Es war ja jetzt schon so, dass sie abends vor dem Einschlafen nur an Arcos dachte und auch beim Aufwachen am Morgen war er Lillys erster Gedanke. Ständig stellte sie sich sein schönes Gesicht vor, diesen fragenden Ausdruck in seinem Blick, mit dem er sie gemustert hatte. Arcos könnte Glanz in ihr Leben bringen. Auch wenn sie ihn nicht reiten durfte, zumindest begrüßen wollte Lilly ihn und alles über ihn wissen.

Als Lilly am Freitag die Treppe zum Klassenraum hochstieg, nahm sie sich fest vor, in der ersten kleinen Pause zu Charlotte zu schlendern und ganz nebenbei nach der Buslinie zu fragen, die am Grüntalhof vorbeifuhr. Scheinbar ahnungslos wollte sie sich erkundigen, was das für ein Hof sei. Wenn niemand mithörte, *musste* Charlotte doch von ihrem Pferd sprechen – und ein Anfang war gemacht.

Aber Charlottes Platz am Fenster blieb leer.

»Charlotte lässt euch grüßen, sie muss die nächsten Tage zu Hause bleiben«, verkündete Frau Schulte zu Beginn der ersten Stunde. »Ihr Vater hat angerufen, Charlotte leidet unter Nachwirkungen der Mandeloperation.«

Oh nein! Jetzt kommt das endlos lange Wochenende – Samstag, Sonntag – und wieder nichts.

Auf dem Stuhl neben Lilly seufzte Maike auf: »Dann muss ihr garantiert wieder jemand die Hausaufgaben bringen.«

»Meinst du, sie fehlt länger?«, flüsterte Lilly.

Maike schüttelte den Kopf.

»Länger? Glaube ich nicht. Das duldet Charlottes Alter nicht. Harter Hund. Einen Tag krank und peng, muss jemand mit ihr pauken. Hölle. Der setzt sie total unter Druck. Na ja, unsere verrückte Charlotte steht auch nicht berauschend da, außer in Musik und Kunst.«

»Hallo, ihr dort drüben«, rief Frau Schulte zu ihnen herüber. »Bisschen mehr Ruhe. Oder lass uns an deinen Gedanken teilhaben, Maike.«

»Sorry, Frau Schulte, es ging gerade um Charlottes Hausaufgaben.«

Frau Schulte packte sich einen Stapel Arbeitsblätter auf den Arm und nahm Kurs auf ihren Tisch.

»Kannst du das wie gewohnt machen? Du wohnst am nächsten.«

Maike hob bedauernd die Arme. »Geht heute nicht. Muss gleich nach der Schule zum Kieferorthopäden wegen meiner Spange. Und von dort aus geht es direkt zu meiner Oma, das ganze Wochenende.«

Kerzengerade richtete sich Lilly auf. Das war ihre Chance. Sie sah ihrer Lehrerin ins Gesicht, beschwörend und eindringlich.

Bitte Frau Schulte, fragen sie doch mich! Ich würde furchtbar gern hinfahren. Ich muss dringend mit Charlotte über Arcos reden. Frau Schulte, fragen Sie mich . . .

Sie versuchte, ihren Blick auf sich zu ziehen. Vielleicht funktionierte die wortlose Kommunikation nicht nur mit Pferden, sondern auch mit Lehrern.

Aufmerksam schaute Frau Schulte Lilly an. Bemerkte sie ihre stumme Bitte?

»Lilly, übernimmst du das heute mal?«, sagte sie da auch schon. »Es wäre gut, wenn Charlotte die Unterlagen von heute übers Wochenende durcharbeiten könnte. Am Montag lasse ich zum Thema innere Handlung einen Test schreiben. Du bist in Deutsch weiter als die Klasse, vielleicht kannst du ihr ja auch noch ein bisschen was dazu erklären.«

Fragend hielt sie Lilly zwei DIN-A4-Blätter hin.

»Klar, mache ich«, sagte Lilly so beiläufig, als wäre es nichts. Dabei musste sie sich zusammenreißen, damit ihre Stimme nicht zitterte, denn innerlich jubelte sie. Mit verstecktem Lächeln faltete sie die Arbeitsblätter und ließ sie in den Rucksack gleiten. Vielleicht ging es Charlotte morgen schon besser und sie könnten gemeinsam zu Arcos fahren. Gar nicht auszudenken ... Lilly sprudelte fast über vor Aufregung und Vorfreude. Sie wollte ihre Freude unbedingt mit jemandem teilen, sonst platzte sie. Aber da musste sie bis mittags warten, dann erst konnte sie ihre Mutter in der Firma erreichen.

Für den Anruf zog Lilly sich hinter den Fahrradstand zurück.

»Mama, ich darf heute einer aus meiner Klasse die Hausaufgaben bringen.«

»Wunderbar, da kannst du ja gleich Kontakt knüpfen. Ist sie denn nett?«

»Ja, ich denke schon. Weiß du, wer es ist? Ausgerechnet Charlotte, die den schönen Andalusier reitet. Arcos. Weißt schon, ich habe dir doch von dem Wahnsinnsschimmel erzählt. Den ich ganz zuletzt entdeckt habe. Auf dem Grüntalhof. Genial, was?«

»Ach, das freut mich aber, Lilly. Dann sieh mal zu, dass du einen guten Eindruck machst.«

»Mama! Was soll das denn? Hältst du mich für bekloppt?«

»Schon gut. Kannst dir heute Zeit lassen, ich bin zu Hause, wenn Tim und Felix kommen.«

Kaum konnte Lilly den Schulschluss abwarten. Charlotte Jahrsens Adresse steckte in ihrer Hosentasche. Immer wieder tastete Lilly nach dem wichtigen Stück Papier.

Endlich ertönte der Gong. Lilly war bereits auf der Treppe zur Halle und an den Glasvitrinen vorbei, als Frau Schulte sie zurückrief.

»Ihr wohnt doch hoffentlich nicht zu weit auseinander, Charlotte und du? Im Moment weiß ich ehrlich gesagt nicht, wo du . . .«

Hastig fiel Lilly Frau Schulte ins Wort.

»Alles in Ordnung.«

Ihre Lehrerin sollte bloß nicht auf die Idee kommen, jetzt doch noch einen anderen Schüler zu betrauen und ihr die Chance auf Arcos kaputt zu machen.

»Ich bin ganz happy, wenn ich etwas mehr von Hamburg sehe.«

»Ach ja? Dann ist gut.«

Lilly sang leise vor sich hin, als sie zur Haltestelle schlenderte. Stoßend und lärmend überholten ganze Gruppen sie, aber sie sah nichts anderes als das lockende Bild von Arcos vor ihrem inneren Auge.

Zum ersten Mal nahm Lilly den Bus in die andere Richtung.

Am Rodigkamp stieg sie aus, nur vier Stationen von der Schule, und fand sich in einer anderen Welt wieder. Gemütliche Einfamilienhäuser standen hier, geborgen hinter immergrünen Hecken. Gemächlich harkte ein Mann im Overall altes Laub zusammen. Leichter Wind zerzauste in den Vorgärten Nester violetter Winterheide und bewegte die weißen Blüten niedriger Christrosen. An einem Spielgerüst im Vorgarten gaben zwei Frauen ausgelassen juchzenden Kindern Schwung im Drehkarussell.

Heile Welt.

Lilly verstand jetzt noch besser, was alle meinten, wenn sie mit diesem gewissen Unterton vom Beifußweg sprachen – eben *keine* heile Welt. Beton statt Blumen. Problemfamilien. Von Leuten aus der Großsiedlung erwartete man nicht viel. Kinder von dort gingen selten aufs Gymnasium, das hatte sie in der kurzen Zeit schon begriffen. Hamburg-Ost war auch kein Viertel für Reitermädchen. Die Jugendlichen aus der Siedlung trafen sich beim Kampfsport oder im Sonnenstudio. Man musste ständig gegen Vorurteile kämpfen, wenn man vom Beifußweg kam.

Charlotte darf nie und nimmer erfahren, wo ich wohne. Voll peinlich wäre das. Wenn sie in unser Wohngetto kommt, weiß sie sofort, dass ich darauf angewiesen bin, umsonst zu reiten.

Wer weiß, was sie dann von mir hält? Wahrscheinlich würde sie mir Arcos dann nicht mal zeigen. Vom Reiten ganz zu schweigen.

Rodigkamp Nr. 9 lag nur drei Minuten von der Haltestelle. Lilly war etwas überrascht, als sie vor Charlottes Elternhaus stand. Ein moderner Betonklotz mit Glasfronten, der zwischen den behaglichen Backsteinhäusern wie ein Fremdkörper wirkte.

Wenn ich Geld hätte, würde ich mir nicht so einen nackten Bunker bauen, dachte Lilly. Lieber etwas Romantisches, mit Kletterrosen bis zum Dach. Und natürlich mit Pferdestall im Garten.

Lilly schlug den breiten Weg zum Eingang ein. Feinkörniger Kies knirschte unter ihren Schuhsohlen. An der Haustür, vor dem matt glänzenden Stahlschild »Dr. Jahrsen«, fühlte Lilly sich auf einmal mulmig.

Auf ihr Klingeln öffnete Charlotte im Jogginganzug. In der Hand hielt sie ein halb volles Glas Wasser mit Eiswürfeln.

»Du? Ist was mit Maike?«, fragte sie als Erstes, als sie Lilly auf der Treppe sah.

»Kieferorthopäde.«

»Verstehe. Komm rein.«

Lilly war sofort leichter ums Herz. Charlotte benahm sich total normal, wie in der Schule.

Arcos, das Gespräch über dich rückt näher!

Charlotte nahm einen Schluck Eiswasser, winkte Lilly mit einer Handbewegung in die Diele und ging gurgelnd mit dem Kopf im Nacken vor.

Unauffällig sah Lilly sich im Eingang um. Sie hoffte auf eine Gerte im Schirmständer oder ein Pferdebild an der Wand, eine aufgestellte Skulptur vielleicht, ein Anknüpfungspunkt zur Reiterei.

Aber es gab gar keinen Schirmständer. Hinter der Haustür begann eine andere Welt. Eingefroren wie auf dem Hochhausdach. Künstlich leer, irgendwie unwirklich.

Metalllampen, graue Türen, Stahlkonstruktionen als Regale. Nichts stand herum.

Lilly dachte an ihre eigene Wohnung. Bei ihnen stapelte sich immer irgendetwas im Flur. Spielzeug, Rucksäcke oder die Skateboards von Tim und Felix.

Bei jedem Schritt trat Charlotte auf ihre Hosenbeine, die über den Boden schleiften und unten ausfransten.

Sie passt überhaupt nicht in diesen gestylten Schuppen, dachte Lilly unwillkürlich.

Im Bad spuckte Charlotte die Eiswürfel aus und kickte dann mit dem Fuß die angelehnte Tür zu ihrem Zimmer auf.

»Tut mir leid wegen der penetranten Ordnung draußen«, sagte sie. »Meine Mutter ist Innenarchitektin, die kann nicht anders.«

Hinter Charlottes Tür öffnete sich vor zwei bodentiefen Fenstern ein heller Raum, der im Gegensatz zur Diele achtlos eingerichtet war. Rund um einen abenteuerlich zugemüllten Schreibtisch stand alles voll mit schwarzen und grellbunten Sesseln.

Verstohlen suchte Lilly das Zimmer nach Pferdebildern ab, um sie als Aufhänger für ihr ersehntes Gespräch über Arcos zu nehmen. Nichts. An den Wänden hingen nur Schwarz-Weiß-Poster von schwer gepiercten Heavy-Metal-Gruppen, daneben drei kühne künstlerische Kohlezeichnungen, auf denen Trommeln, Becken und Schellenkränze zu erkennen waren.

Lilly beugte sich vor und studierte die großformatigen Zeichnungen hinter Glas. Völlig andere Bilder, als sie von einer Pferdefreundin erwartet hatte.

»Sammelst du so was?«

Charlotte zuckte die Schultern.

»Nö, alles von mir. Eigenproduktion.«

»Echt? Du hast ja Talent.«

Charlotte angelte ein blaues Kühlkissen zwischen den Papierstapeln auf dem Schreibtisch hervor, das sie sich vorsichtig an den Hals legte.

»Erzähl das mal meinem Vater. Der kriegt zu viel, wenn er die Bilder sieht. Malen ist für ihn Zeitverschwendung.«

»Und Geige? Das ist keine Zeitverschwendung?« Lilly deutete auf den Geigenrucksack, der in der Ecke stand. »Die darfst du spielen?«

Charlotte zuckte die Schultern.

»Darf? Ich *soll.* Öde ist das. Ich wollte immer nur ans Schlagzeug, da kann man mal richtig die Sau rauslassen und hört was Cooles. Auf der Geige kratze ich schon vier Jahre herum und finde es immer noch spaßfrei.«

Lilly staunte, wie offen Charlotte redete, dabei kannten sie sich nur von den paar Gesprächen auf dem Pausenhof.

»Ich finde Geige eigentlich schön. Irgendwie . . . wie Himmelsmusik«, sagte sie zögernd.

»Findet mein Vater auch. Kriegt gar nicht genug von Mozart und Beethoven. ›Geige ist Seelennahrung‹, sagt er. Zumindest für ihn, bei den ekligen Verbrechen, mit denen er als Anwalt zu tun hat. Bei Geige lebt er richtig auf. Er vielleicht, ich nicht.«

Lilly verzog das Gesicht. »Kannst du ihm das nicht klarmachen?«

»Keine Chance, er lässt mich nicht raus aus der Geigennummer«, fuhr Charlotte verdrossen fort. »›Sechs Jahre muss ich‹, sagt er. Sei wichtig für meinen späteren Lebenslauf. Künstlerische Komponente.«

»Hä?«

»Na, damit jeder sieht, dass ich vielfältig bin. Auch musikmäßig. Pah.«

»Und vier Jahre hast du schon rum?«

»Genau. Zwei fehlen noch, aber ob ich das durchhalte . . .«

Lilly tippte den langen Holzschläger mit gebogener Keule an, der am Schreibtisch lehnte.

»Hockey spielst du auch?«

Bei so vielen Hobbys kann sie doch unmöglich Zeit genug für Arcos haben.

Charlotte nahm den Schläger in die Hand und zeigte Lilly die richtige Griffhaltung.

»Hockey stelle ich mir klasse vor«, sagte Lilly.

Charlotte winkte ab.

»Nicht für mich. Wenn ich deinen Body hätte, ja, dann . . . Aber guck mich doch an. Nach zehn Minuten auf dem Feld hechle ich wie ein alter Jagdhund. Die anderen Spieler kommen meist von der Leichtathletik. Super Läufer. Ich würde gern aus dem Klub austreten, aber mein Vater findet die Kontakte dort wichtig.«

Lilly zog die Arbeitsblätter aus dem Rucksack und legte sie auf einen Stapel Musikzeitschriften.

»Darüber schreiben wir am Montag eine Arbeit . . . lässt dein Vater echt gar nicht mit sich reden?«

»Vergiss es. Er ist das Gesetz. Der lässt zu Hause noch mehr den Anwalt raus als im Gericht.«

»Hm, ja. Aber in der Schule lässt du dir doch auch nichts gefallen.«

»Ist irgendwie was anderes. Papa will mich nicht ärgern. Er meint echt, dieser ganze Zirkus sei superwichtig. Alles zu meinem Besten.

Später würde ich es ihm danken, dass ich die richtigen Leute kennengelernt habe, sagt er immer. Der checkt gar nicht, wie es mir damit geht. *Er* muss ja nicht fünfmal die Woche zu irgendeinem Training.«

Das war die Gelegenheit! Gerade wollte Lilly nach Reiterhöfen fragen, sie hatte bereits tief Luft geholt, als auf dem Flur Schritte zu hören waren. Charlotte horchte auf.

»Ich glaube, da kommt mein Vater schon. Chefvisite.«

Nach kurzem Klopfen wurde die Tür aufgedrückt. Ein mittelgroßer Mann im dunklen Anzug erschien im Rahmen. Büroblässe, schmale Lippen. Er sah ziemlich geschafft aus.

»Geht's dir besser?«, fragte er Charlotte. Er hob seine schwarze Tasche an. »Habe mir Akten mitgebracht, ich arbeite heute Nachmittag zu Hause.«

Da fiel sein Blick auf Lilly, die halb verdeckt hinter der Tür stand und vorsichtig lächelte. »Du hast Besuch? Sicher eine Mitschülerin mit den Hausaufgaben?«

»Hallo, Herr . . .«

»Dr. Jahrsen«, sagte er förmlich und reichte ihr die Hand. Lilly fiel auf, dass er das gleiche runde Gesicht hatte wie Charlotte. Aber während ihres offen, fröhlich, warm aussah und lebenshungrig, wirkte seins wie ein bleicher Wintervollmond. Unter der Vorderglatze wachsame, unbewegliche Augen. Solche Augen hatte sie doch kürzlich erst gesehen. Die Möwe auf dem Dach fiel Lilly ein. Das war es – Charlottes Vater hatte den starren Blick eines Vogels. Die Augen gaben fast nichts über Jahrsens Innenleben preis, außer, dass der Mann misstrauisch war. Von Berufs wegen vermutlich.

Bevor Lilly etwas sagen konnte, nahm der Anwalt sie am Ellenbogen und führte sie freundlich, aber bestimmt in die Diele.

»Charlotte darf nicht so viel sprechen. Ich denke, sie sollte gleich mit den Hausaufgaben beginnen. Nett von dir, dass du gekommen bist.« Und zu seiner Tochter gewandt, brummte er: »Räum endlich deinen Schreibtisch auf. In dem Chaos kannst du doch keinen klaren Gedanken fassen.«

»Kannst du mir deinen Test vorbeibringen, wenn ihr ihn geschrieben und zurückgekriegt habt? Ich muss nächste Woche nämlich erst mal noch zu Hause bleiben«, rief Charlotte durch den Flur. Sie deutete auf ihren Vater und zuckte entschuldigend die Schultern. »Aus diesen blöden Arbeitsblättern werde ich nicht schlau, das sehe ich gleich. Ich muss was Fertiges in der Hand haben. Machst du das?«

»Klar«, rief Lilly zurück.

Mit gemischten Gefühlen verließ sie das Haus und ging zur Haltestelle. Lilly wusste nicht genau, ob es nun gut oder schlecht gelaufen war bei Charlotte. Eigentlich beides.

Schlecht, weil sie das Thema Reiten nicht angesprochen hatte. Gut, weil Charlotte erfreulich nett gewesen war und total normal – im Gegensatz zu ihrem strengen Vater mit den Vogelaugen. Aber mit dem würde sie ja zum Glück nie etwas zu tun haben.

In der Haltestelle hingen Fahrpläne für alle Richtungen der Buslinie aus.

»Ach, da steht ja *Grüntalhof«*, sagte Lilly laut, als sie die einzelnen Haltestellen durchging. Sie war überrascht, wie schnell man von hier aus zu den Pferden kam. Viel fixer als vom Beifußweg. Charlotte musste nicht einmal umsteigen wie sie.

An der kleinen Kreuzung bog ein langer Bus um die Ecke und schwenkte schräg gegenüber in die Haltebucht. Die Linie zum Grüntalhof. Zu Arcos.

Sollte sie . . .?

Kurz entschlossen rannte Lilly über die Straße und schlüpfte atemlos durch die sich schließenden Türen.

Arcos, ich komme.

Nach wenigen Stationen erkannte sie das Reithallendach mit der auffallenden Solaranlage.

Lilly sprang aus dem Bus, drückte ihre Baseballkappe tief in die Stirn und ging den steilen Weg zum Hof hinunter. Besser, sie fiel hier keinem auf. Charlotte würde sich bestimmt veralbert vorkommen, wenn später einmal jemand sagte: »Lilly war doch schon früher hier und hat mit Arcos geredet.«

Nach allen Seiten sichernd hastete Lilly um den Stall mit den Paddocks herum und spähte durch die offene Hoftür auf die Stallgasse.

Sofort drehten sich alle Pferdeköpfe in ihre Richtung. Lilly zuckte zurück und wagte kurz darauf einen neuen Blick.

Vor den Boxen waren einige Pferde angebunden. Geduldig ließen sie sich putzen. Arcos stand ganz am Ende und wurde gerade abgesattelt.

Lilly kniff die Augen zusammen, um im halbdämmrigen Zwielicht besser sehen zu können. Eine kleine, schlanke Frau mit kinnlangem Bob trug einen Sattel in den Raum nebenan und machte sich dann am Putzkasten zu schaffen.

Lilly horchte auf, als jemand rief: »Wie lange soll das denn noch so weitergehen, Kerstin? Du hast ja nichts von deinem schönen Spanier.«

Damit musste Arcos' Besitzerin gemeint sein. Kerstin Stieger hieß sie, den Namen hatte Lilly gespeichert.

Die angesprochene Reiterin hob beide Hände.

»Hast ja recht. Aber die Fortbildungen laufen noch bis Ostern. Hoffentlich ist meine Reitbeteiligung bald wieder fit. Charlotte ist heute und die nächsten Tage krank. Nur darum bin ich in der Tagungspause schnell hergekommen, um Arcos zu bewegen.«

Lillys Herz schlug schneller. Das klang wie Musik! Arcos' Eigentümerin brauchte offenbar jemanden für ihr Pferd. Eigentlich noch jemanden, außer Charlotte. Wahnsinn.

Sie war drauf und dran, einfach in die Stallgasse zu stürzen und zu rufen: »Ich kann ihn jeden Tag reiten! Jetzt, wo Charlotte krank ist, aber auch sonst, wenn sie keine Zeit hat. Alles, was Sie wollen. Nur Schritt, nur Trab, nur ins Gelände. Oder nur Putzen, das würde mir sogar auch reichen. Hauptsache, ich kann in Arcos' Nähe sein.«

Aber der Gedanke an ihre Mitschülerin hielt Lilly zurück. Sie hatte noch vor Augen, wie verliebt Charlotte mit Arcos geschmust hat. Wenn Lilly jetzt plötzlich wie Kai aus der Kiste im Stall auftauchte, würde sie das garantiert als hinterhältig auslegen. Sie selbst war krank – und die Neue aus ihrer Klasse hatte nichts Eiligeres zu tun, als sich an ihr geliebtes Pferd heranzumachen.

Nein, unmöglich . . . nun war es sowieso zu spät.

»Tschüss, ich muss dann. Bin spät dran.«

Kerstin Stieger winkte kurz und lief aus dem Stall. Durch die Reihe der Paddocks beobachtete Lilly, wie sie in einen blauen BMW stieg und mit durchdrehenden Reifen vom Hof fuhr.

Die Reiterinnen auf der Stallgasse waren mit dem Satteln fertig und führten ihre Pferde zur Reithalle hinüber.

Freie Bahn!

Lilly beobachtete, wie Arcos durch den Streifenvorhang nach draußen aufs Paddock trat. Mit gesenktem Kopf ging sie über den Hof und blieb dann direkt vor Arcos stehen. Seine dunklen Augen glitten über ihr Gesicht.

Ich kenne dich.

Lilly spürte, wie ihr Puls schneller ging. Die Sicherheit, die sie vorhin unter dem strengen Blick von Dr. Jahrsen eingebüßt hatte, kam zurück. Arcos redete mit ihr, er wollte erneut stumme Zwiesprache halten!

Ja, Arcos, ich war Montag hier.

Weiß ich genau.

Du bist das schönste Pferd, das ich je gesehen habe.

Der Andalusier gab ein leises Grummeln von sich und stellte die Ohren entspannt zur Seite.

Kommst du wieder?

Sobald ich kann, ich schwöre.

Aufgewühlt fuhr Lilly mit dem Bus heim zum Beifußweg. Am liebsten wäre sie an jeder Station ausgestiegen und zu Arcos zurückgekehrt, doch sie riss sich zusammen. Aber wenigstens aufs Dach musste sie gleich . . . noch einmal zum Grüntalhof hinübersehen.

Sie zog ihr Handy hervor und schrieb eine SMS an Vitali.

Gratulier mir, ich habe einen supertollen Reiterhof gefunden!!! Kann ich den Griff haben? Lilly. Schreib zurück!

Postwendend kam die Antwort.

Glückwunsch :-) Warum musst du dann überhaupt noch aufs Dach? Vitali

Lilly tippte die Antwort.

Will versuchen, den Stall von oben zu entdecken. Lilly

Okay, ich bin da. Vitali

Eine halbe Stunde später stand Lilly vor Vitalis Wohnungstür. Der enge Hausflur im vierten Stock glich haargenau dem im zweiten. Helle Trittspuren zogen sich über den Teppichboden.

Vitali grinste breit, als er Lilly öffnete, und fuhr sich durch sein blondes Bürstenhaar.

»Du siehst doch eh nichts von oben. Regnet in einer Tour.«

Lilly verdrehte die Augen.

»Egal, Mann. Ich will trotzdem versuchen, den neuen Stall zu entdecken.«

»Sekunde.«

Während er in seinem Zimmer verschwand, spähte Lilly über den Flur in die blitzsauber aufgeräumte Wohnung. Im Hintergrund dröhnte der Fernseher. Lilly verstand kein Wort, wahrscheinlich Russisch.

»Bist du nicht auf der Gesamt?«, fragte Vitali, als er zurückkam. Er legte ihr eine Plastikbox mit Totenkopf und der Warnung *Achtung! Ätzend!* in die Hand und lächelte sie aus seinen wasserblauen Augen an. »Hab dich noch nie auf dem Pausenhof gesehen.«

»Gymnasium Südost.«

Vitali tat so, als träfe ihn die Information wie ein Keulenhieb. Stöhnend ließ er sich gegen den Türrahmen sinken. »Puh, Gymnasium. Eine Oberschlaue.«

»Quatsch. Normal. Kommst du nicht mit hoch?«

»Möchtest du das denn?«

Lilly spürte, wie sie rot wurde. Sie wollte Vitali doch nicht anmachen, aber zu zweit fühlte sie sich sicherer auf dem Hochhausdach.

»Vielleicht . . . doch, ja.«

Aus dem Wohnzimmer rief ein Mann etwas auf Russisch.

Vitali antwortete beruhigend, ebenfalls auf Russisch.

»Sorry, mein Vater ist wieder schlecht drauf«, sagte er achselzuckend. »Irgendwie kriegt er nicht die Kurve in Hamburg. Weil die seine Diplome nicht anerkennen. Dauernd redet er davon, dass er zurückwill nach Kasachstan. Ich glaube, da läuft schon was. Scheißspiel.«

»Musst du dann mit zurück?«

Vitali verzog grimmig das Gesicht und griff nach seiner Steppjacke, die an der Garderobe im Flur hing, und machte Anstalten, Lilly zu begleiten.

»Scheint so. Aber ich will nicht weg aus Hamburg. Jetzt nicht mehr. In der Schule läuft es okay, außerdem sind wir eine super Clique. Und manchmal ziehen hier am Beifußweg richtig nette Leute ein, zum Beispiel im zweiten Stock.«

Vitalis Vater rief wieder, diesmal schärfer.

»Verdammt, geht nicht mit dem Dach. Ich muss wieder rein«, sagte Vitali ärgerlich und streifte seine Jacke ab. »Pass auf, dass der Hausmeister dich nicht sieht. Der wohnt oben.«

»Mache ich. Man sieht sich.«

Obwohl Vitali nicht ihr Typ war, fand Lilly ihn gut. Sie konnte schwören, dass man mit ihm Pferde stehlen konnte. Etwas Besseres konnte ihr nicht passieren in diesem anonymen Hochhaus. Außerdem war er echt hilfsbereit. Vorgestern hatte er ihr Fahrrad repariert, als die Kette abgesprungen war. Und dann besaß Vitali natürlich diesen genialen Fenstergriff fürs Dach . . .

Im obersten Stock war der schmale Flur wie beim ersten Mal verwaist.

Gut, dass ich gewohnt bin, mich auf jedes hohe Pferd zu schwingen, dachte Lilly, als sie sich ohne Schwierigkeiten aufs Dach hinaufzog. Palando zum Beispiel, das war ein Riese.

Nein, jetzt bloß nicht an die alten Freunde in Mallwitz denken, sonst musste sie wieder heulen . . . wie gestern, als ein Brief vom früheren Stall in der Post lag.

Reitlehrer Theo Bülow hatte ihr ein Foto geschickt, wo sie alle drauf waren: Palando, Dorio, die Lewitzer Schecken. Lachend standen die Zehnjährigen dabei, die zu Lillys Zeiten höchstens mal Huffett oder Wurzelbürsten herantragen durften. Offenbar waren die Kinder höher gerückt in der Rangordnung, seit sie weg war. Durften mittlerweile die Schulpferde draußen putzen. Gab ja nicht mehr viele Jugendliche dort. Mit einem Schlag war Lilly bei diesem Foto klar geworden: Ihren Platz besetzten jetzt andere. Es gab keinen Weg zurück in die Geborgenheit ihrer alten Heimat. Bei dem Gedanken waren ihr die Tränen gekommen.

Aber im Grunde wollte Lilly auch gar nicht zurück, denn da war ja Arcos . . .

Wenn ich ihn reiten dürfte, dann würde ich mich hier sofort zu Hause fühlen. Sofort.

Auf dem Dach warf Lilly ihre Kapuze über, um den blonden Pferdeschwanz verschwinden zu lassen. Ihr Haar leuchtete auch bei Nieselwetter. Sie musste nicht unbedingt den Hausmeister anlocken.

Lilly schob sich an dem schwarzen Vorbau mit der verschlossenen Eisentür vorüber. Als sie auf die andere Dachseite gelangte, frischte der Wind auf und brachte saubere, salzige Seeluft mit.

Zwischen Abzugsrohren und Einlaufstutzen suchte Lilly sich einen guten Standplatz. Ihren linken Fuß schob sie an den Sockel des Antennenaufbaus, um einen Fixpunkt zu haben. Mit einer Hand stützte Lilly sich auf das Metallgestänge. Dünne Regentropfen perlten ab und rannen in ihren Ärmel.

Eigentlich war sie nicht schwindelfrei. Genau genommen fühlte sie hier oben sogar ein furchtsames Kribbeln im Bauch. Andererseits hatte es einen starken Reiz, über Hamburg zu blicken und den Himmel so nah und unverstellt über sich zu sehen.

Wenn Arcos draußen im Paddock stand, war sie praktisch in direkter Luftlinie mit ihm verbunden.

Vielleicht witterte er sie sogar? Pferde können kilometerweit riechen. Aber so weit? Acht oder zehn Kilometer lag der Grüntalhof bestimmt entfernt. Egal. Das unsichtbare Band zwischen ihnen war hier oben auf dem Dach stärker als hinter all dem Beton im Haus.

Lilly blinzelte nach unten. Rechts lag der einzige Bauernhof in der Nähe. Wenn Lilly über den Hof hinwegsah, musste in gerader Linie Arcos' Stall liegen. Bei Sonnenschein müsste das blaue Solardach auf dem Grüntalhof schillern.

So weit konnte sie heute allerdings nicht gucken, denn noch immer ging feiner Nieselregen herunter, der die Luft verschleierte.

Lilly legte den Kopf in den Nacken und blickte in den Himmel. Immerhin sah es über ihr nicht mehr total dunkel aus. Statt der bedrohlichen, dichten Decke türmten sich nun lockere Wolken auf, die sich zu Haufen ballten und gleich wieder auseinanderdrifteten.

Für einen flüchtigen Moment blitzte die Sonne durch und tauchte die nassglänzende Stadt in flüssiges Silber. Lichtbündel brachen sich an Wassertropfen. Die Luft war ein einziges Funkeln.

Wie schön das aussah.

Lilly seufzte. Wie eine Verheißung kam ihr der sprühende Funkenregen vor. Wie eine Ankündigung von strahlenden Tagen. Zeit mit Arcos. Allein sein Name . . . Arcos . . . wie himmlisch der klang: Lilly dachte an warme spanische Sommer, an Ferien am Mittelmeer, glänzende Palmen, an blendend weiße Häuser in der Sonne.

Ganz weit hinten – gleißte da nicht ein bläuliches Licht? Arcos' Stalldach vielleicht?

Lillys Träume gingen auf die Reise . . . Sie sah sich auf dem Rücken von Arcos sitzen, seine wehende Mähne vor sich, sie sah Charlotte und Kerstin Stieger, wie sie von der Tribüne zuschauten und staunten, was für ein harmonisches Paar sie und Arcos abgaben.

Metallisches Knirschen ließ Lilly zusammenzucken. Ein Schlüssel wurde im Schloss gedreht, dann quietschte die Eisentür. Der Hausmeister? Sofort war Lilly zurück in der Wirklichkeit – auf dem Dach des zwölften Stockwerks ihres Hochhauses.

Auf Zehenspitzen schlich Lilly zum offenen Fenster, sprang lautlos in den Hausflur, verschloss den Rahmen und lief die Fluchttreppen hinab in den vierten Stock zu Vitali.

Ich darf keinen Fehler machen, dachte Lilly, als sie auf den Klingelknopf von Vogt drückte, um die Totenkopfbox mit dem Vierkanteisen zurückzubringen. Ich muss mich dringend mit Charlotte allein treffen und es so drehen, dass *sie* mich aufs Reiten anspricht. Nicht umgekehrt. Sonst könnte sie alles für einen raffinierten Plan halten, ihr Arcos abspenstig zu machen.

Auf dem Weg durchs Treppenhaus kam Lilly eine grandiose Idee: Sie musste ihren Deutschaufsatz mit innerer Handlung am Montag in eine Reitergeschichte einbetten. Charlotte wollte ihn ja unbedingt lesen . . .

Wenn Frau Schulte freie Themenwahl gibt, schreibe ich über ein Pferd und bringe Charlotte hinterher den Test nach Hause. Dann bekommt niemand aus der Klasse mit, dass ich reite, aber Charlotte weiß trotzdem Bescheid . . .

6.

Es kam anders, als Lilly es sich vorgestellt hatte.

Am Montag wurde der Deutschtest geschrieben, und als Lilly ihn abgab, ging sie davon aus, dass niemand außer ihrer Lehrerin und Charlotte den Aufsatz über Pferde lesen würde.

Aber heute hatte Frau Schulte Lillys Aufsatz der ganzen Klasse als leuchtendes Beispiel vorgetragen. Die gesamte 8a wusste nun, dass Lilly eine Pferdenärrin war. Schrecklich peinlich war ihr das heute Vormittag gewesen. Und da hatte sie noch gar nicht gewusst, dass alles noch viel peinlicher werden würde. Denn vor fünf Minuten war Charlotte am Beifußweg aufgetaucht und stand seitdem draußen vor der Haustür und klingelte Sturm.

Lilly spähte aus dem Fenster ihres Zimmers. Selbst von oben aus dem zweiten Stock erkannte sie ihre Mitschülerin genau an ihrer unverwechselbaren rosa Steppjacke und dem bunten Schal. Ungeduldig tippelte Charlotte hin und her. Ihr rotes Mountainbike stand am Straßenrand.

Wer hatte Charlotte bloß so schnell über den Test informiert? Eigentlich kam nur Maike infrage, die ihr heute wie gewohnt die Hausaufgaben gebracht hatte.

Lilly war gerade dabei gewesen, sich für den Besuch bei Charlotte umziehen, als es vorhin klingelte. Seit Schulschluss fieberte sie darauf, mit ihrer prämierten Pferdeerzählung zum

Rodigkamp zu fahren. Dafür hatte sie sogar Vitali abgesagt, der ihr heute zwei gebrannte DVDs vorbeibringen wollte. Und nun machte Charlottes Überraschungsbesuch ihren Plan zunichte.

Frustriert pfefferte Lilly ihre Turnschuhe gegen die Tür.

Das Schlimmste war geschehen: Jetzt wusste Charlotte, wo sie wohnte – mitten unter Losern. Das wurde ja an jeder Ecke des Beifußwegs deutlich. An den Klamotten, an den zehnmal benutzten Plastiktüten, mit denen die Frauen vom Einkauf kamen, an den Gruppen arbeitsloser Männer, die mit Bierpacks an der U-Bahn standen, an den Russen, die mit grauen Gesichtern in Garagen herumhingen und Karten spielten.

Lilly zog das Rollo ein Stück hoch und beobachtete, wie Charlotte an der Hochhausfassade emporblickte. Wann gab sie endlich auf?

Dass Charlotte die Siedlung nun kannte, war furchtbar genug. Da musste sie das abgewohnte Hochhaus nicht auch noch von innen sehen! Todsicher würde sie die Nase rümpfen, wo sie doch selber in einem brandneuen Glashaus wohnte.

Hätte sie doch bloß nicht diesen dämlichen Aufsatz geschrieben. Die Erinnerung an die Deutschstunde am Morgen kehrte zurück . . .

Frau Schulte war mit dem Packen Tests unterm Arm im Klassenzimmer erschienen und ohne Umschweife zur Sache gekommen.

»Ist mäßig gelaufen. Einige haben die Technik des Erzählens noch nicht begriffen. Lediglich eine Einzige von euch hat den Ton einer inneren Handlung richtig getroffen. Ich lese euch

Lilly Beiers Erzählung vor, das ist hilfreich für eure eigenen Arbeiten. Ihren Test konnte ich als einzigen mit »sehr gut« bewerten.«

Lilly versank fast unterm Tisch, als Frau Schulte begann, ihrer Klasse den Aufsatz über den Tod eines geliebten Schulpferdes vorzulesen.

Sie hatte über Sandro Boy geschrieben, der sich auf der Weide ein Bein gebrochen hatte und eingeschläfert werden musste. Wie sie selber die furchtbaren Stunden erlebt hatte, damals vor drei Jahren in ihrem alten Reitstall. Das über sie hereinbrechende Gefühlschaos. Ihre verzweifelte Trauer. Die hin- und herspringenden Gedanken.

»Lilly Beier hat genau den Ton einer inneren Handlung getroffen«, lobte Frau Schulte. »Lasst ihre Geschichte sacken, dann fällt euch sicher ein, an welchen Punkten es bei euren eigenen Erzählungen hapert. Wir gehen das gleich noch im Einzelnen durch.«

Am Nebentisch tuschelte Patrick mit Tobias, als Frau Schulte die korrigierten Arbeiten an den Tischen verteilte.

»Also eine Reitertussi bist du«, flüsterte Tobias in Lillys Richtung und Patrick stichelte: »Jetzt weiß ich endlich, warum du nach der Schule sofort abzischst. Wartet wohl ein starker Hengst auf dich. Haha.«

Maike nahm Lilly in Schutz.

»Du bist nur neidisch, weil du solche Texte nicht auf die Reihe kriegst«, sagte sie zu Tobias.

In der Pause gab es eine Diskussion, ob Reitermädchen Zicken sind. Nach ein paar Minuten hatte Lilly genug und floh hinter den Fahrradstand, weil sie sich unglaublich blöd vorkam im Rampenlicht. In der 8a herrschte ein rauer Ton, sie konnte nicht mithalten bei der Frozzelei.

Nach der Schule rannte Lilly sofort zur übernächsten Haltestelle und fuhr nach Hause. Wenigstens blieb ihr noch die Hoffnung, mit ihrem Pferdeaufsatz bei Charlotte weiterzukommen. Dann sollte ihr der peinliche Auftritt die Sache wert sein. Es ging ihr schließlich um Arcos.

Und nun stand Charlotte unten und Lilly traute sich nicht, den Türöffner zu drücken.

Von der U-Bahn näherte sich eine Gruppe hüpfender kleiner Jungs mit Schulranzen. Lilly erkannte ihre Brüder an den neongrünen Mützen. Hand in Hand kehrten Tim und Felix aus dem Hort zurück. Sie sah, wie die rosa Steppjacke auf die Zwillinge zulief, die zum Eingang von Haus Nr. 5 hüpften. Lilly schwante Schlimmes.

Charlotte würde die Jungs doch nicht ansprechen?

Doch genau das schien sie zu tun.

Tim und Felix preschten ein Stück rückwärts und zeigten auf Lillys Zimmer. Sie zuckte hinter dem Rollo zurück.

Die beiden bringen Charlotte einfach mit rauf, wie ich sie kenne.

Mit unbehaglichem Gefühl öffnete Lilly die Wohnungstür, beugte sich vor und behielt den Aufzug im Auge, der sich kurz darauf zischend öffnete. Zum Vorschein kam ein Rad. Charlottes rotes Fahrrad.

Hastig riss Lilly die Liste mit ihrem Pflichten-Programm vom Sicherungskasten im Flur und stopfte das zerknüllte Papier in die Tasche.

»Deine Brüder meinten, ich soll das Rad mit nach oben nehmen«, sagte Charlotte und schob ihr Mountainbike über den

Gang zur Wohnungstür. »Unten würde es geklaut. Ist das okay? Hast du mein Klingeln vorhin nicht gehört?«

»Ich? Nein, ich . . . ich stand bis eben unter der Dusche. Komm rein.«

»Sie ist ungefährlich«, schrie Tim hinter Charlottes Rücken. »Wir haben sie total abgecheckt. Sie wusste, wie deine Lehrerin heißt.«

Charlotte lachte. Lilly beugte sich zu den Zwillingen hinunter und gab jedem einen freundschaftlichen Schulterklaps. »Gut gemacht, ihr beiden Detektive. Aber jetzt ab in euer Zimmer, bis Mama kommt.«

»Oooh, können wir nicht ins Wohnzimmer?«, quengelte Felix. »Vom Balkon aus kann man doch viel besser Leute beobachten.«

»Ausnahmsweise, weil ihr Detektive seid! Aber Finger weg von der Fernbedienung.«

»Ich beneide dich, du hast Geschwister«, seufzte Charlotte und blickte Felix nach, der seinen Ranzen mit einem Fußtritt ins Kinderzimmer beförderte und dann kichernd mit Tim ins Wohnzimmer polterte. »Die beiden haben mich unten total ausgequetscht. Echt süß.«

Geistesabwesend nickte Lilly, während sie Charlottes Fahrrad umständlich an eine freie Wand rückte. Hoffentlich schimpfte ihre Mutter nicht über das Rad im Flur. Im selben Moment fiel Lilly etwas erheblich Schlimmeres ein: Was, wenn ihre Mutter Arcos erwähnte? Charlotte ahnte ja nicht, dass Lilly ihn längst kannte. Wenn sie das erführe . . . dann stände Lilly als berechnendes Aas da. Grauenvolle Vorstellung.

Fieberhaft überlegte Lilly. Ihre Mutter musste gerade in der U-Bahn sitzen.

»Moment«, murmelte Lilly und zog ihr Handy vom Gürtelclip. »Muss noch eine SMS schicken.«

Hilfe, Mama! Charlotte aus meiner Klasse ist hier. Kein Wort über Arcos, sie weiß nicht, dass ich ihn schon kenne. Melde dich schnell!!!

»Wundere dich nicht, dass ich einfach hier auftauche«, sagte Charlotte. »Hab mehrmals versucht, dich anzurufen, aber eure Leitung ist tot.«

Da, das SMS-Signal. Lilly schielte auf den Text. Ihre Mutter antwortete.

Ich schweige wie ein Grab

Ein riesiger Stein fiel Lilly vom Herzen.

». . . Maike hat mir von deinem Aufsatz erzählt«, fuhr Charlotte fort, ». . . und vor allem, dass du reitest. Obergenial. Du bist die einzige Reiterin in der Klasse, ich muss unbedingt mit dir über Pferde reden. Ach, ich liebe Pferde. Aber du kennst ja inzwischen unsere Klasse. In der Schule ist das Thema tabu, die anderen finden die ganze Reiterei extrem bescheuert.«

Lilly zog Charlotte in ihr Zimmer und schloss die Tür. Die angepinnten Pferdefotos über dem Bett kamen ihr plötzlich billig vor. Wenn es wenigstens Kunstfotos wären, fein hinter Glas wie bei Charlotte.

Aber ihre kleinen Abzüge waren schon ein wenig lächerlich für eine vierzehnjährige Gymnasiastin.

Hoffentlich ignoriert sie die Bilder.

»Oh, da sind ja Pferde«, sagte Charlotte jedoch prompt und zeigte auf die Wand hinterm Bett. »Crazy.«

Argwöhnisch musterte Lilly das Mädchen aus ihrer Klasse. Meinte sie das ironisch?

»Was hast du denn erwartet?«, fragte Lilly.

»Weiß nicht genau. Was Kluges irgendwie. Goethe, Einstein, Bismarck.«

»Die Bilder stammen aus meinem alten Reitstall.«

»Süß, die Pferde. Übrigens war ich noch nie in deiner Hochhaussiedlung. Granatenmäßig. Ist was anderes als unsere verpennte Gegend.«

Ungeniert ließ Charlotte sich aufs Bett fallen und zerrte den Reißverschluss der Steppjacke auf, unter dem ein giftgrünes Printshirt zum Vorschein kam.

»Super, dass du reitest, Lilly. Wie lange?«

»Vier Jahre. Mal sehen, ob ich in Hamburg einen Stall finde. Kennst du einen?«

Mit klopfendem Herzen setzte sich Lilly auf die Bettkante. »Ställe findest du genug, aber wenig Reitschulen. Die anständigen liegen am Stadtrand, von uns aus blöd zu erreichen.«

Charlotte zog die rosa Strickmütze vom Kopf und warf sie auf den Schreibtisch. »Wenn man keine Reitbeteiligung an einem Privatpferd findet, läuft in unserer Ecke nichts.«

»Hast du etwa eine Reitbeteiligung?«, erkundigte sich Lilly so normal, wie es ging.

Arcos – jetzt reden wir über dich.

»Ja, auf einem genialen Andalusier. De luxe, sage ich dir. Steht auf dem Grüntalhof.« Charlottes Augen schimmerten verträumt. »Arcos heißt er. Wenn er ein Mann wäre, würde ich ihn heiraten.«

Ich auch. Dann würden wir zu echten Konkurrenten . . .

»Ein Spanier ... toll! Hab noch nie auf einem Andalusier gesessen. Aber Großpferde habe ich auch meistens geritten. In meinem alten Stall standen zwei: ein Mecklenburger und ein Trakehner. Wenn du den Andalusier heiraten willst – warum hängt dann in deinem Zimmer kein Bild von ihm ... wie heißt er noch ... Arcos?«

Lilly tat, als wäre ihr der Name nicht gleich eingefallen.

Grinsend zuckte Charlotte die Schultern.

»Um Papa zu ärgern. Mein Zimmer ist die einzige Chance, meinen Willen durchzusetzen. Die schwarzen Heavy-Metal-Poster hasst er und meine Schlagzeug-Zeichnungen natürlich auch.«

Charlotte richtete sich halb auf und fingerte in der aufgenähten Seitentasche ihrer knallengen Jeans. Sie zerrte ihr flaches Fotohandy hervor, klappte es auf und begann, im Bildspeicher zu suchen.

»Edles Teil«, sagte Lilly bewundernd.

»Hätte lieber ein Smartphone mit Internet und allem, aber mein Vater hält das für übertrieben. Ich kriege seins, sobald er sich ein neues kauft.«

Ein Lächeln huschte über ihr Gesicht, als sie Lilly das Display hinhielt.

»Hier, das ist er. Mein Schatz Arcos.«

Andächtig starrte Lilly auf das erste Foto. Arcos auf einem sandigen Reitweg. Seine weiße, gewellte Mähne wehte sanft hoch. Klick, das nächste Bild. Arcos mit leuchtenden Augen auf der Weide. Klick. Arcos mit seinen raumgreifenden Tritten auf dem Dressurplatz, aber nur das halbe Pferd. Klick. Weiter Trab, diesmal Arcos mit halb angeschnittenem Kopf.

»Sorry, Bewegung kriege ich nie hin, er ist schnell im Trab

und das blöde Fotohandy hat so eine lange Auslöseverzögerung. Aber trotzdem sieht man, wie schön er ist, oder?«

Lilly seufzte. Welche Ausstrahlung Arcos besaß, selbst auf diesem kleinen Display!

»Was ist? Du sagst ja nichts?«, drängte Charlotte. »Hat er dir die Sprache verschlagen?«

»Ehrlich gesagt – ja. Ist der schön! Wem gehört er denn? Deinen Eltern?«

Charlotte schüttelte den Kopf.

»Nein. Kerstin Stieger. Die hat Arcos vor zwei Jahren gekauft.«

Charlotte schwang die Beine zur Seite und setzte sich neben Lilly auf den Bettrand.

»Mann, war Arcos schwierig!«, sprudelte sie weiter. »Stand in einer Tour unter Spannung. Der Vorbesitzer hatte zu viel Druck gemacht; damit kam Arcos nicht klar. Bei jedem kleinen Anlass reagierte der Arme total panisch.«

»Wirst du denn mit ihm fertig?«

»Ist okay. Ich reite ihn erst ein knappes Jahr. Die ersten Monate wollte Kerstin ihn allein, bis er wieder Vertrauen zu Menschen fand. Damals habe ich Arcos nur geputzt, geführt, bin mit ihm grasen gegangen. Und vor allem haben wir wie die Weltmeister geschmust.«

Charlotte seufzte.

»Das war eigentlich die schönste Zeit. Beim Schmusen kannst du nichts falsch machen, aber wenn du erst im Sattel sitzt, meckert jeder an dir rum.«

»Weshalb reitest du ihn dann überhaupt?«

»Arcos soll allmählich für kleine Turniere trainiert werden, meint Kerstin. Aber sie hat im Moment wenig Zeit.«

Lillys Puls beschleunigte sich. Wer sein Pferd trainieren wollte, brauchte regelmäßig Reiter ... und wenn Charlotte lieber putzte und grasen ging ...

»Arcos braucht viel Abwechslung, viele Wendungen im Schritt, immer neue Lektionen, damit er bei Laune gehalten wird, sonst zappelt er herum. Der Süße ist ziemlich intelligent.«

Das weiß ich doch längst.

»Mittlerweile ist er ein richtiger Kuschelbär.« Charlotte kicherte. »Manchmal schmusen wir so lange, dass ich kaum noch zum Reiten komme.«

Sie sprang auf und zog Lilly hoch.

»Komm mit, ich zeige dir Arcos. Bin extra mit dem Rad gekommen, damit wir zum Grüntalhof fahren können.«

Lillys Herz überschlug sich fast. Damit hatte sie nicht gerechnet, nicht so plötzlich.

»Echt?«

»Logisch. Von Hamburg-Ost aus geht das mit dem Rad viel schneller als mit dem Bus, einfach durch die Felder.«

»Woher hast du eigentlich meine Adresse?«

Charlotte lachte.

»Jeder in der Klasse hat eine Liste. Damit wir uns reihum anrufen können, wenn erste Stunden ausfallen. Telefonkette. Du stehst inzwischen auch drauf. Hat Frau Schulte dir noch keine gegeben?«

Lilly schüttelte den Kopf.

»Bisher nicht«, murmelte sie. Doch bevor sie sich darüber ärgern konnte, dass jetzt jeder ihre Adresse kannte, steckte ihre Mutter den Kopf durch die Tür. Sie war noch im Mantel.

»Hallo zusammen. Ein fremdes Fahrrad im Flur?«

»Ja, gehört Charlotte aus meiner Klasse«, sagte Lilly schnell und sah ihre Mutter beschwörend an. »Sie will mir ihren Reitstall zeigen. Kann ich mitfahren, Mama? Jetzt gleich? Bitte!«

Lillys Mutter schüttelte Charlotte herzlich die Hand. Lilly atmete auf, weil ihre Mutter vollkommen normal redete, nicht komisch tat und keine einzige Anspielung auf den Grüntalhof oder auf Arcos machte.

»Lilly ist die größte Pferdenärrin der Welt. Dann saust mal los, ihr beiden. Wie schön, dass sich zwei Pferdeverrückte gefunden haben.«

Lilly angelte ihre dicke Jacke vom Kleiderhaken, warf sie sich über die Schulter und trat aus der Wohnungstür.

Charlotte zog die rosa Mütze über ihr zusammengebundenes Haar und wickelte den breiten Schal enger.

»Total unpeinlich, deine Mutter«, sagte sie, als sie mit ihrem Fahrrad im Flur stand und ihr durch die offen stehende Tür nachschaute. »Andere Mütter würden garantiert wegen der schmutzigen Fahrradreifen herumzicken.«

»Stimmt«, sagte Lilly. »Sie ist ganz in Ordnung.« Sie musterte ihr Gegenüber. »Darfst du überhaupt Rad fahren mit deinen Halsschmerzen?«

Charlotte winkte ab.

»Hab ja keine mehr. Außerdem muss ich morgen sowieso wieder zur Schule. Ach so, dein Test . . . kann ich den zum Lesen mitnehmen?«

»Logisch.« Lilly ging noch einmal in die Wohnung zurück und holte die Aufsatzblätter. »Steck ein.«

7.

Total irre«, wiederholte Charlotte ständig, als sie kurz darauf gemeinsam durch die Hochhaussiedlung fuhren. »Volle Kanne Wahnsinn.«

Bevor sie zum Grüntalhof aufbrachen, wollte Charlotte sich unbedingt in der Umgebung umsehen, genau das, was Lilly die ganze Zeit über vermeiden wollte. Aber sie merkte schnell: Charlotte war nicht voreingenommen, ganz im Gegenteil. Sie war hungrig nach Abwechslung.

Komisch, dass ihr eingebildeter Vater sie noch nicht beeinflusst hat, dachte Lilly.

Charlotte fand jede Kleinigkeit am Beifußweg aufregend. Gerade so, als wäre sie selber neu aus der Provinz zugezogen und nicht Lilly.

»Guck mal, voll zugetackert«, rief Charlotte begeistert, als ihnen eine Gruppe Jungs mit offenen schwarzen Mänteln entgegenkam, behängt mit dicken Ketten und schweren Piercingstäben an den Ohren. »Bei uns an der Schule siehst du höchstens mal einen Ring in der Augenbraue.«

»Du findest das richtig gut, oder?«, fragte Lilly. Sie dachte an die Heavy-Metal-Poster in Charlottes Zimmer.

»Irgendwie schon.«

Sie kurvten am Sportklub vorüber, vor dem eine Front Männer mit Gelfrisuren herumhing. »Zuckerweiber«, rief einer ihnen nach. Kichernd zückte Charlotte ihr Handy und fotografierte die Muskelmänner.

»Wie im Fernsehen. Und diese Hochhäuser.« Charlotte klickte in einer Tour. »Gäbe eine gute Kulisse zu einem rattenscharfen Krimi.«

Lilly seufzte und schwieg. Für jemanden aus dem Beifußweg klang es nicht sehr aufbauend, in einem rattenscharfen Krimi-Milieu zu wohnen. Obwohl Lilly die Bemerkung im Moment nicht wirklich an sich heranließ: Die Aussicht, Arcos wiederzusehen, überstrahlte alles.

Noch immer konnte Lilly es nicht fassen, dass sie gleich ihr Wunschpferd umarmen würde. Hoffentlich wurde sie nicht plötzlich wach und fand sich in ihrem Bett wieder, statt auf dem Fahrrad unterwegs zu Arcos.

»Bin ich froh, dass jetzt noch jemand aus der 8a reitet«, lachte Charlotte, als sie zehn Minuten später über eine unbelebte Asphaltstraße Richtung Grüntalhof fuhren.

»Ich auch«, sagte Lilly. Endlich lag die Großsiedlung außer Sichtweite. »Sag mal, was für ein Typ ist diese Frau, die Besitzerin von Arcos?«

»Richterin am Amtsgericht. Mein Vater kennt sie beruflich. Aus irgendeinem Grund ist Kerstin wichtig für ihn. Jedenfalls ist er ganz wild darauf, dass ich ihr Pferd anständig reite. Will sich wohl bei Kerstin einschleimen. Er meint ja dauernd, man müsste nach allen Seiten Kontakte pflegen.«

»Dein Vater macht sich ganz schön viele Gedanken.«

Charlotte fuhr freihändig weiter und lockerte dabei ihren eng zugezogenen Schal. »Zu viele, wenn du mich fragst.«

»Wieso?« Lilly sah Charlotte an.

»Papa hat mein Leben schon total verplant. Ich soll Jura studieren wie er. Sein Vater, sein Opa, alles Juristen. Strafrecht. Nun soll ich auch. Er hat sogar schon drei Universitätsstädte zur Auswahl.«

»Puh, das ist heftig.«

Charlotte stöhnte auf. »Genau. Er will immer nur Leistung, Leistung, Leistung. Am liebsten möchte er mich auf ein Elite-Gymnasium stecken, aber das blockiere ich voll. Never. Würde ich auch gar nicht wuppen.«

Sie gelangten an eine kleine Kreuzung mit Wegweisern. Charlotte sprang vom Rad und studierte ein Blatt Papier, das sie aus dem Jackenärmel zog.

»Nach links.«

»Ist die Richterin genauso ein strenger Typ wie dein Vater?«, erkundigte Lilly sich beim Weiterfahren. »Diese Kerstin?«

»Nee, die ist ganz anders. Voll in Ordnung, nur im Moment viel unterwegs. Deshalb reite ich öfter als sonst.« Charlotte zog die Nase kraus. »Eigentlich ist mir das viel zu viel. Wo ich Arcos doch sowieso am liebsten nur beschmusen würde. Neben der Penne und der Mistgeige schaffe ich das mit der Reiterei kaum noch.

Und Kerstin möchte nun mal, dass Arcos regelmäßig trainiert wird.«

Lillys Herz überschlug sich fast bei der Bemerkung. Da war sie, die Chance, auf die sie gewartet hatte.

»Warum nimmt sie keine zweite Reitbeteiligung?«

Lilly dachte, sie hätte den Satz leicht herausgebracht, wie eine ganz normale Frage, die es natürlich nicht war. Offenbar war der hoffnungsvolle Unterton Charlotte nicht entgangen, denn sie musterte Lilly plötzlich intensiver von der Seite und lachte dann laut los.

»Aha, du denkst dabei nicht zufällig an *dich?* Hast du denn dafür genug Cash?«

Lilly lief feuerrot an. Abrupt drehte sie ihr Gesicht zur Seite. Wie endlos peinlich. Nach dem Besuch am Beifußweg musste Charlotte ahnen, dass Familie Beier nicht im Geld schwamm. Und dass Lilly keine Reitbeteiligung bezahlen konnte. Lilly kam sich unendlich elend und dumm vor. Sie konnte als Gegenleistung ja nur Stallarbeit anbieten. Prompt meldete sich auch schon wieder ihre innere Stimme.

Was hast du dir da ausgerechnet, du Vollidiot? Warum sollte eine Amtsrichterin dich nehmen, wo sie dich überhaupt nicht einschätzen kann? Und dann auch noch ohne einen einzigen Cent?

Charlotte lachte Lilly offen an.

»Hallo . . . jetzt sei mal nicht so empfindlich. Ich bin immer so direkt. Manche finden mich saugrob. Ach zum Teufel, so bin ich eben. Cash hin, Cash her . . . das mit der Reitbeteiligung kann leider sowieso nicht hinhauen, weil Kerstin keinen Fremden für Arcos will. Mich hat sie nur genommen, weil sie meinen Vater vom Gericht kennt.«

Aufmunternd stieß sie Lilly mit der Hand an. »Aber ich fände es toll, wenn du mich im Stall besuchst. Wir könnten zusammen grasen gehen, allein ist das ziemlich langweilig. Was ist?«

Lilly stand da wie erstarrt. Die Richterin ließ also keinen Fremden auf Arcos. Für Lilly brach eine Welt zusammen. Sie bemerkte Charlottes Blick und musste sich räuspern, um ihren Frust aus der Kehle zu bekommen. Erst dann konnte sie antworten.

»Logisch. Grasen gehen wäre super. Ach, es ist überhaupt toll, wieder einen Stall von innen zu sehen.«

Als sie ihre Räder nach knapp dreißigminütiger Fahrt auf den Grüntalhof herunterrollen ließen, sagte Charlotte: »Da ist noch was, aber das wirst du ja gleich merken. Arcos ist bei Fremden sehr zurückhaltend. Ein paar Reiter im Stall mag er zum Beispiel nicht. Wenn die ihn tätscheln wollen, ist er total reserviert. Fast schon verletzend, wie er gucken kann. So ist er eben, mein Arcos. Genauso direkt wie ich. Also sei bloß nicht gekränkt, falls er nichts von dir wissen will.«

Das habe ich aber total anders erlebt.

Sie stellten die Räder an der Reithalle ab und Charlotte ging vor. In Lillys Bauch summte und kribbelte es.

Ich darf mich nicht verraten, schärfte sie sich ein, als sie die Stallgasse betrat. Charlotte darf auf keinen Fall merken, dass ich hier schon alles kenne.

Sekunden später jedoch war der Vorsatz vergessen. Kaum sah Lilly Arcos, zog es sie mit aller Macht zu seiner Box – als wären die Gitterstangen magnetisch.

Was für ein Augenblick! Endlich durfte sie Arcos das erste Mal streicheln . . . all die Tage hatte sie sehnsüchtig darauf gewartet.

»Hi kleiner Arcos«, flüsterte Lilly, als sie vor ihm stand.

Verdutzt starrte Charlotte sie an.

»Bist du Hellseher? Woher weißt du, dass das Arcos ist?«

Reaktionsschnell zeigte Lilly auf die Namenstafel an der Tür. »Steht dran. Außerdem habe ich doch vorhin deine Fotos gesehen.«

Arcos machte einen Schritt nach vorn, als Charlotte die Boxentür öffnete. Gleichzeitig trat Lilly zurück. Eigentlich wäre sie dem Pferd am liebsten um den Hals gefallen. Aber garantiert kränkte es Charlotte, wenn Arcos zuerst Lilly beschnupperte. Sie wusste selber, wie eifersüchtig man als Pferdefreund sein konnte . . .

Doch als Charlotte Arcos mit beiden Händen die Backen rieb und zärtlich sagte: »Guck mal, Arcos, das ist Lilly, die reitet auch, die musst du gut behandeln«, da stand Lilly blitzschnell in der Box.

Nicht einmal zwei Minuten dauerte es, bis Arcos seinen großen weißen Kopf zwischen beiden Mädchenschultern platzierte und zufrieden grummelte.

Lilly fühlte sich wie im siebten Himmel. Was für ein sensationeller Moment. Sie sagte nichts, genoss nur sein weiches Fell an ihrem Gesicht und seine kitzelnde lange Mähne.

Plötzlich hörte Lilly ein rauchiges Lachen in ihrem Rücken.

»Hat unser wählerischer Arcos eine neue Freundin?«, fragte eine dunkle Frauenstimme.

Die Mädchen fuhren herum.

Lilly erkannte Arcos' Besitzerin sofort an ihren gerade geschnittenen Haaren. Sie trug alte schwarze Reithosen, eine verwaschene grüne Jacke und war im Begriff, sich etwas Warmes überzuziehen. Lilly fühlte sich unbehaglich: Man geht nicht einfach so zu einem fremden Pferd. Eilig verließ sie die Box, um die Richterin nicht gegen sich aufzubringen. Aber die Juristin benahm sich deutlich entspannter als ihr Kollege Dr. Jahrsen.

»Hi Kerstin«, sagte Charlotte erfreut, »super, dass du da bist. Das ist Lilly aus meiner Klasse, die wollte gerne unseren Arcos sehen. Hab ihr Fotos gezeigt und wahnsinnig von ihm geschwärmt.«

Lilly konnte ihren Blick kaum von dem Andalusier nehmen. »Arcos ist das schönste Pferd, das ich je gesehen habe, Frau Stieger. Kommt er echt direkt aus Spanien?«

Arcos senkte den Kopf und schnaubte. Es schien ihm zu gefallen, so im Mittelpunkt zu stehen.

Kerstin lachte auf.

»Freut mich, dass er dir gefällt. Ja, Arcos ist in Spanien geboren. Reitest du auch?«

»Und ob. Seit vier Jahren.«

»Wo denn? Ich habe dich auf dem Grüntalhof noch nie gesehen.«

Lilly zuckte die Schultern. »Wir sind ja auch erst Anfang Januar nach Hamburg umgezogen. Ich suche noch einen neuen Stall. Ich vermisse das alles so: Reiten, Stallarbeit, Pferdepflege . . .«

Kerstin Stieger lehnte sich an die Box und verschränkte die Arme vor der Brust. Sie musterte Lilly mit professionellem Interesse und schien etwas Bestimmtes zu überlegen.

»Arcos' Fell sieht aus, als hättest du schon geritten, Kerstin«, sagte Charlotte. »Blöd. Lilly hätte wahnsinnig gern gesehen, wie ein spanisches Pferd geht.«

»Was sagst du?« Kerstin Stieger richtete ihren Blick wieder auf Charlotte. »Ja, richtig, Charlotte, ich bin gerade durch mit Reiten.« Sie tippte Lilly an. »Aber wenn du möchtest – warum setzt du dich nicht selber auf Arcos und reitest ein paar Runden? Er ist noch warm, ich habe ihn eben erst in die Box gestellt.«

Lilly verschlug es die Sprache. Hatte sie richtig gehört?

Auch Charlottes Gesicht war ein einziges Fragezeichen.

»Hä? Was ist los mit dir, Kerstin? Du lässt eine Fremde auf Arcos? Das tust du doch sonst nicht.«

Kerstin Stieger lächelte.

»Arcos scheint Lilly ja auf Anhieb zu mögen. Das ist selten genug. Und darum ist mir gerade etwas durch den Kopf gegangen. Du weißt doch, wie eng es bei mir im Moment mit dem Reiten wird, zumindest, solange ich in meiner Fortbildung stecke.« Sie seufzte. »Als du krank warst, habe ich mich manches Mal nach einer zweiten Reitbeteiligung gesehnt. Aber bis jetzt konnte ich mich nicht dazu durchringen – es ist ja auch nicht einfach, jemanden zu finden, dem man so ein Pferd anvertraut . . .«

»Aber bestimmt bewerben sich doch jeden Tag tausend gute Reiter bei Ihnen«, sagte Lilly, »für so ein schönes Pferd wie Arcos!«

»Stimmt genau, hier fragen oft Mädchen an. Reiten können sie alle. Aber sie sind ja völlig fremd für mich. Was ist mit ihrem Verantwortungsbewusstsein? Woher soll ich wissen, ob sie die nötige Umsicht haben?«

Kerstin Stieger zeigte auf zwei große Pferde auf der anderen Seite der Stallgasse.

»Was glaubst du, was meine Stallfreundinnen schon erlebt haben! Den Braunen dort drüben hat das Pflegemädchen trotz Verbots frei springen lassen. Und auf dem Fuchs in der Nebenbox hat die Reitbeteiligung schwere Lektionen der Hohen Schule geübt, obwohl sie davon keine Ahnung hatte. Sie hat nicht einmal gemerkt, dass der Fuchs lahmte, und ihn tagelang mit einem Sehnenschaden geritten.«

Die Richterin seufzte.

»Das Problem auf diesem Hof ist: Wir haben hier keinen Reitlehrer, der so etwas bemerkt und notfalls durchgreift. Stallbesitzer Tillner ist Bauer, ein sehr guter Landwirt, aber er ist eben kein Pferdemensch.«

Sie zog die Jacke in der Taille zusammen und schloss den Reißverschluss. »Darum muss ich mich bei der Reitbeteiligung darauf verlassen, dass sie allein mit Arcos fertig wird. Und verantwortungsvoll mit ihm umgeht und du machst wirklich einen vernünftigen Eindruck. Aber suchst du denn überhaupt eine Reitbeteiligung, Lilly?«

»Klar sucht sie eine«, ging Charlotte dazwischen, bevor Lilly antworten konnte. »Bloß kiesmäßig sieht es schlecht aus. Stimmt doch, Lilly, oder nicht?«

Mit glühendem Kopf nickte Lilly. Sie starb fast vor Scham. Es war so demütigend, kein Geld zu haben. Wie leicht Charlotte den richtigen Schluss aus der Wohngegend gezogen hatte ...

»In meinem alten Stall habe ich die Reitstunden abgearbeitet«, sagte sie leise. Nervös knetete sie ihre Hände.

»Das regeln wir schon. Für mich ist entscheidend, dass jemand drauf sitzt, der nicht etwa seinen Ehrgeiz befriedigen will. Der Arcos einfach mag und ihn leicht reitet, damit er in Form bleibt. Und natürlich möchte ich keinen Wildfremden. Aber ganz fremd bist du ja nicht als Charlottes Mitschülerin.«

Kerstin Stieger machte den Eindruck, als sei ihr die Kostenbeteiligung unwichtig. »Falls Charlotte noch einmal krank wird, brauche ich wirklich einen Ersatzreiter. Zumindest in den nächsten Monaten. Wie wär's, Lilly ... willst du's probieren? Arcos' Sattel ist noch nicht kalt.«

»Ist das Ihr Ernst?«

»Aber sicher.«

Lilly betrachtete Arcos, wie er sich reckte, größer wurde und mit den Wimpern klimperte. Kein Zweifel – der Andalusier flirtete mit ihr.

Die Gelegenheit können wir uns nicht entgehen lassen. Lass uns gleich starten.

Und wenn es schiefgeht, Arcos?

Denk doch nicht an so etwas. Es geht nicht schief.

»Aber ich habe keine Reitsachen hier«, sagte Lilly.

»Warte, ich hole meine Klamotten.« Charlotte lief zum Spind in der Sattelkammer und brachte ihre Reitkappe und eine sehr lange, sehr weite Reithose mit, die sie Lilly kichernd anhielt.

»Das hat keinen Sinn, da passt du dreimal rein. Behalt lieber deine Jeans an.«

»Lässt du deine Reitsachen immer hier?«, erkundigte Lilly sich erstaunt.

»Allerdings. Papa duldet nicht, dass es in seiner Hochglanzhütte nach Stall duftet«, sagte Charlotte und stülpte Lilly ihre Kunststoffkappe über die Haare. »Er kriegt einen Herzanfall bei der Vorstellung, dass ihn ein Klient zu Hause aufsucht und es nach Pferd riecht.«

Wenigstens der Schutzhelm passte, aber Lilly war so aufgeregt, dass sie dreimal ansetzen musste, bevor sie den Verschluss unterm Kinn schließen konnte. Sie kam sich wahnsinnig linkisch vor, als hätte sie Hände aus Holz. Zum Teufel, was sollte Frau Stieger von ihr denken? Dieses elegante Pferd – und sie ungelenk wie ein Seehund auf dem Trockenen. Hoffentlich schreckten ihre hölzernen Bewegungen Frau Stieger nicht ab.

Das erste Mal auf Arcos. Hätte ihr das heute Morgen jemand prophezeit, sie hätte ihn für verrückt erklärt.

Weil Kerstin Stieger wenig Zeit hatte, trensten und sattelten sie gemeinsam. Wenige Minuten später fand Lilly sich auf Arcos' Rücken in der Reithalle wieder.

Und da ging eine wunderbare Verwandlung mit ihr vor. So wie es immer gewesen war, sobald Lilly einen Sattel unter sich spürte. Sie hob den Kopf, richtete sich auf und senkte entspannt die Schultern. Oben auf dem Pferd fiel alles Eckige und Ängstliche von ihr ab. Lilly fühlte sich frei und gelöst. Von der ersten Sekunde an wusste sie: Hier war ihr Platz, hier gehörte sie hin. In Arcos' Sattel würde sie ihre Sicherheit zurückgewinnen.

Ein Glücksgefühl rieselte ihr über den Rücken.

Wie sehr habe ich mir diesen Augenblick herbeigewünscht, Arcos.

Durch selig verschleierte Augen registrierte Lilly beim Anreiten, dass Charlotte und Frau Stieger auf der Zuschauerbank saßen. Danach nahm sie nichts mehr wahr außer Arcos.

Es schien Lilly, als sei im Zügel eine unsichtbare Fernbedienung eingebaut, mit der sie alles ausblenden konnte, was sie bedrückte: Die Betonsiedlung ... der Geldmangel ... die Pferdetussi-Flüsterer in der 8a.

Am liebsten hätte Lilly sich von Arcos nur tragen lassen, ohne jede Hilfengebung wollte sie einfach auf seinem Rücken sitzen, mit geschlossenen Augen, aus der Halle hinausreiten ins Gelände ... gemeinsam bis ans Ende der Welt.

Doch Lilly riss sich zusammen. Sie durfte jetzt nicht träumen. Kerstin Stieger wollte sehen, ob sie Arcos reiten konnte. Sie musste sich anstrengen. Vernünftige Hilfengebung, Wadendruck, Gewicht verlagern. Das war ein anderes Gefühl als auf Palando und Dorio . . . der Andalusier war viel spritziger.

Gegen Bülows Pferde bewegte Arcos sich wie ein rasanter Sportwagen. Schnell und temperamentvoll. Ungewohnt. Nicht so leicht, wie Lilly beim heimlichen Zusehen gedacht hatte. Arcos reagierte blitzartig auf ihre Hilfen.

Als Lilly ihn vom Trab zum Schritt durchparieren wollte, blieb er sofort wie angewurzelt auf dem Hufschlag stehen. Sie war völlig überrumpelt und fiel prompt vornüber auf den Hals, konnte sich gerade noch in seiner üppigen Mähne festhalten, sonst hätte sie den Abgang gemacht.

Hilfe, das war Murks, Arcos.

Kannst mal sehen, wie reaktionsschnell ich bin.

Rasch ein Blick zur Zuschauerbank. Runzelte Kerstin Stieger die Stirn? Sie stand auf und lief durch die Späne auf sie zu.

Sorgenvoll schaute Lilly ihr und Charlotte entgegen.

Meckert sie jetzt, Arcos?

»Das war doch fast perfekt«, sagte Kerstin Stieger stattdessen. Sie wirkte hocherfreut. »Man merkt, dass du ordentlichen Reitunterricht genossen hast. Eine schöne weiche Hand hast du.«

»Mann, Lilly, easy, wie du das gemacht hast.« Auch Charlotte sparte nicht mit Lob. »Ich weiß, wie schnell er werden kann, besonders an den langen Seiten.«

Die Worte legten sich wie Balsam auf Lillys Seele.

»Musst nur in Hamburg die Chance bekommen, deine Begabung zu zeigen.« Die Bemerkung ihres alten Reitlehrers ging ihr durch den Kopf. Nun hatte sie die Chance bekommen. So schnell nach dem Umzug.

Lilly sprang aus dem Sattel und tätschelte Arcos den Mähnenkamm. Zufrieden streckte er den Kopf und rieb seine Nase von links nach rechts an allen Umstehenden.

Charlotte lachte. »Er will zeigen, dass er uns alle mag. Süß, nicht?«

Kerstin übernahm den Zügel und führte Arcos flankiert von Lilly und Charlotte aus der Halle.

»Toll, dass du mit Charlotte in eine Klasse gehst«, sagte sie, als sie Arcos in die Box stellte. »Da könnt ihr euch im Notfall absprechen. Und es gibt auch keine Eifersucht, denke ich? Hoffe ich?«

Kerstin nahm den Sattel ab und forschte in Lillys Gesicht.

»Du brennst darauf, Arcos zu reiten, hab ich recht?«

Lilly errötete.

»Sieht man mir das an?«

»Allerdings. Du leuchtest ja, als hätte man eine Glühbirne unter deinem Pony angeknipst. Ich hab ein gutes Gefühl bei dir.«

»Aber ich bleibe Arcos' Oberschmuser«, sagte Charlotte schnell.

»Hundertpro.«

Arcos, wir zeigen es keinem, dass wir uns so gut verstehen. Ich will Charlotte nicht vergrätzen.

»Wie kann ich die Reitstunden abarbeiten?«, fragte Lilly, nachdem Kerstin Stieger Sattel und Zaumzeug in die Sattelkammer getragen hatte.

»Das besprechen wir morgen. Jetzt müssen wir erst mal das Wichtigste klären: Wann kannst du zu Arcos kommen? Passt es dir donnerstags und montags?«

Lilly nickte mit roten Wangen. Und ob ihr das passte.

Charlotte stieß Lilly ungestüm in die Seite.

»Mann Lilly, wer hätte das gedacht?«

Die Richterin blickte auf die Armbanduhr.

»Gut, ich denke, dass wir die Sache bis Ostern testen. Danach sehen wir, ob wir das Ganze auf eine richtige Grundlage stellen. Mit Vertrag. Die nächsten Monate bin ich beruflich stark eingespannt, bin viel unterwegs, aber ich möchte, dass Arcos durchgehend trainiert wird.«

»Das ist der Hammer«, flüsterte Lilly bewegt.

»Eine Bedingung habe ich noch«, setzte Frau Stieger hinzu.

Ach du Schreck, Arcos, jetzt kommt der Haken, nun wird es doch nichts . . .

»Du musst dir ganz sicher sein . . .« Kerstin Stieger sprach schon weiter. » . . . dass du wirklich bis Ostern Zeit für Arcos hast. Mindestens. Er verträgt ständigen Wechsel nicht. Der Junge braucht eine stabile Beziehung. Nicht, dass du ihn nach zwei Wochen wieder im Stich lässt, weil du einen anderen Stall gefunden hast.«

Wie konnte sie so etwas nur denken?

»Nie und nimmer verlasse ich ihn.«

»Das klingt ja wie ein Eheversprechen. Wunderbar.« Die Richterin schmunzelte und zog ihr Handy auf. »Gibst du mir deine Telefonnummer? Ich rufe deine Eltern an, ob sie einverstanden sind.«

»Zu Hause ist alles klar«, sagte Lilly schnell. »Meine Mutter unterstützt mich total.«

»Glaub ich dir. Ich bin auch nicht superpingelig wie gewisse Juristen-Kollegen . . .« Sie zwinkerte Charlotte zu, die kichernd nickte. »Aber du bist sicher auch erst vierzehn wie Charlotte?«

»Ja.«

Mit leicht mulmigem Gefühl nannte Lilly ihre Telefonnummer. Hoffentlich fragte Kerstin Stieger nicht nach der Adresse, dann konnte sie gleich ihre Sachen nehmen und nach Hause fahren. Einem Mädchen vom Beifußweg würde die Richterin ihr Pferd nicht anvertrauen.

Aber das Telefongespräch verlief problemlos und zügig.

»Also dann, Lilly: Willst du morgen anfangen? Siebzehn Uhr?« Die Richterin reichte ihr die Hand. »Ich heiße Kerstin, wir sagen alle Du hier im Stall.«

Als sie den Stall verließen, schaute Lilly noch einmal zurück zu Arcos, der ihr mit wachen Augen nachschaute, und sie nahm seinen Blick mit.

8.

Kommst du noch mit zu mir?«, fragte Charlotte, als sie ihre Fahrräder vom Grüntalhof zur Straße hinaufschoben. Es dämmerte bereits. »Ich brauche noch ein paar Tipps für Deutsch. Zu dieser dämlichen inneren Handlung.«

»Kann ich machen. Muss nur schnell zu Hause Bescheid sagen.«

Mit dem Daumen tippte Lilly ins Handy.

Danke, danke, danke für vorhin! Du bist super, Mama. Ich fahre noch zu Charlotte. Kiss Lilly

Zwei Reiterinnen im Auto überholten sie auf der Einfahrt. Grüßend hoben sie die Hände und lächelten Lilly zu. Wahrscheinlich sieht mir jeder an, wie glücklich ich bin, dachte Lilly und strahlte in sich hinein. Sie hatte das Gefühl, gar nicht mehr zu gehen – sie schwebte.

Sie stellten sich mit ihren Rädern an die Haltestelle und warteten auf den Bus. Im Dunkeln wollten sie nicht durch die Felder heimfahren. Autos rauschten in endloser Linie an ihnen vorbei, es war Feierabendzeit. Sie hinterließen einen kalten Luftzug.

»Ist dein Vater zu Hause?«, fragte Lilly.

Charlotte lachte auf und gab ihr einen Knuff gegen die Schulter.

»Der beißt nicht. Soll sich doch freuen, wenn du mir kostenlos Nachhilfe gibst.«

»Du hast selber gesagt: Er ist das Gesetz und du kommst nicht gegen ihn an . . . vielleicht ist er wieder sauer, wenn du Besuch hast.«

Das wäre das letzte, was Lilly jetzt vertragen könnte – jemand, der sie von ihrer Arcos-Wolke herunterholte.

»Quatsch. Mein Vater ist nicht fies, nur superstreng. Gibt viel miesere Väter.«

In Charlottes Augen blitzte der Übermut, als sie hinzufügte: »Was er nicht wissen darf, verschweige ich ihm logischerweise einfach.«

Lilly sah Charlotte an der Nasenspitze an, dass sie darauf brannte, etwas loszuwerden. Andererseits zögerte sie, ob sie es Lilly erzählen sollte. Schließlich kannten sie sich erst ein paar Tage.

»Und was darf er zum Beispiel nicht wissen?«

Charlotte kaute auf der Unterlippe.

»Aber nicht in der Klasse rumgehen lassen. Das bist du mir schuldig, wegen Arcos. Also, bisher weiß es nur meine Mutter. Wenn Papa Wind davon kriegt . . .«

»Ehrenwort. Meinst du etwa, ich falle dir in den Rücken, obwohl du Arcos mit mir teilst? Nun sag schon.«

Charlotte holte tief Luft.

»Ich bin aus dem Hockeyklub ausgetreten. Letzten Oktober schon.«

»Ach, sonst nichts?«

Lilly hatte etwas Dramatisches erwartet, aber offenbar war das für Charlotte schon dramatisch genug.

»Dann hast du doch mehr Zeit zum Reiten?«

Charlotte wand sich.

»Eigentlich schon. Aber wie ich dir schon gesagt habe, im Grunde bin ich gar nicht der große Reiter. Ich liebe meinen süßen Arcos, das ist ja wohl klar, aber ich würde einfach nur gern bei ihm sein – ohne zu reiten, verstehst du? Ständig dieser Druck. Ich will nur mit Arcos in der Box sitzen und kuscheln, aber das begreift ja keiner. Immer heißt es gleich: ›In den Sattel und trainieren.‹«

Lilly nickte. Sie verstand genau, was Charlotte meinte, aber sie selber liebte beides: schmusen und reiten.

»Ohne Hockey müsstest du doch jetzt geheime Freizeit haben. Warum rennst du denn dann nach der Schule immer sofort weg? Gibt es noch mehr Geheimnisse? Läuft da etwa was mit einem Typen?«

»Bullshit. Schwör, dass du niemandem was erzählst. Egal, was passiert. Dann würde mein Vater nämlich komplett austicken.«

»Mach's nicht so spannend, Charlotte. Also gut: Ich schwöre.«

Lilly hob drei Finger.

»Schwör bei Arcos.«

Charlotte klappte ihr Handy auf und rief ein Fotos von Arcos auf, das sie Lilly unter die Augen hielt.

»Ich schwöre bei Arcos.«

Leise röchelnd rollte der Bus vor, sie hoben ihre Räder hinein und lehnten sich drinnen an die Haltestangen.

Charlotte öffnete einen Geheimreißverschluss in ihrem Jackenfutter und holte einen Computerausdruck hervor, zigmal geknickt. »Lies.«

Lilly entfaltete das Papier. Eine Anzeige aus dem Internet. Sie erwartete eine Flirtseite oder einen Text, der sich um Pferde drehte, aber was sie las, stammte aus einer ganz anderen Welt.

Wenn du Bock hast, krassen Metal zu spielen, melde dich einfach bei mir und wir können mal spontan jammen, um zu sehen, ob wir alle zufrieden sind. Wir: Metal-Band, noch ohne Live-Erfahrungen, neu seit drei Monaten. Unser Drummer ist weggezogen. Probenraum und Schlagzeug sind da. Melde dich bei Luke.

»Die suchen einen Drummer!« Irritiert hob Lilly den Blick. »Willst du dich etwa melden?«

Charlottes Gesicht glühte vor Eifer. »Hab ich längst. Bei denen spiele ich seit vier Monaten«, flüsterte sie. »Total abgefahren. Einer geht auf unsere Penne, Luke. 11a.«

»Der Typ, mit dem du manchmal in der Pause zusammenstehst? Mit den schwarzen Klamotten und den Nietenarmbändern?«

»Exakt.«

»Ach deshalb ... aber dann hast du ja schon wieder mehr an der Socke.«

Verträumt schloss Charlotte die Augen.

»Aber endlich etwas, das mir irre Spaß macht. Nicht so etwas Ödes wie Geige und Hockey.«

Lilly dachte an die Kohlezeichnungen in Charlottes Zimmer, an die Trommeln, Becken, Schellenkränze.

»Darum die Bilder!«

»Genau. Erst bin ich nur aus Neugierde hin, die Jungs fanden mich ziemlich gewöhnungsbedürftig. Mädchen! Geige! Bunte Klamotten! Das ging gar nicht. Aber bin ja geübt in Musik, fiel mir nicht schwer mit dem Schlagzeug. Die Band, das sind die totalen Freaks. Luke, Jo, Mike . . . ja, und nun Charly.«

»Charly bist du?«

»Logisch. Das ist echt mein Leben. Kannst du dir meinen Vater vorstellen, wenn er mich am Schlagzeug sieht?«

»Absolut.«

»Wenn du Arcos reitest, kannst du demnächst auch eine von meinen Stunden übernehmen und ich bin schneller bei meiner Band. Krass. Wirklich genial, wie das heute gelaufen ist. Genial für uns beide. Nimm dein Rad, Lilly, wir müssen raus.«

Die wenigen Meter zum Rodigkamp fuhren sie. Lilly war völlig durcheinander und aufgeregt, was die nächsten Wochen bringen würden.

Was war heute alles geschehen: Der Aufsatz in der Schule . . . Charlotte am Beifußweg . . . diese wunderbare Treffen mit Arcos . . . und nun auch noch geheime Neuigkeiten von Charlotte.

Als sie die Räder vor dem hell erleuchteten Haus abstellten, spürte Lilly schon wieder das bekannte Ziehen in der Bauchgegend. Dr. Jahrsen lag ihr im Magen.

Hoffentlich verdirbt er uns die sensationelle Stimmung nicht.

Doch genau das geschah, als sie mit Charlotte die Diele betrat.

Noch bevor sie richtig »Guten Abend« wünschen konnte, schnupperte Dr. Jahrsen in der Luft und wandte sich stirnrunzelnd an Charlotte.

»Hast du etwa noch Reitsachen an? Du weißt, was wir abgemacht haben: Reitkleidung gehört in den Reitstall. Stell dir mal vor, heute kämen noch Klienten und hier röche es nach Pferd . . .«

»Kommen denn welche?«

»Nein.«

Lilly wurde rot und sah an sich herunter. Sie war es, die nach Stall roch. Genauer gesagt ihre Jeans. Kein guter Einstieg bei Dr. Jahrsen. Die Realität holte sie ein.

»Ach Papa, hör doch erst mal, was ich dir sagen muss«, sprudelte Charlotte hervor. »Lilly musste mit ihren Jeans in den Sattel. Sie hat nämlich kurz Probe auf Arcos geritten. War nicht geplant. Wo ist Mama überhaupt?«

»Yoga. Aber Charlotte, du kannst doch nicht einfach einen Fremden auf Arcos reiten lassen. Ohne Wissen von Kerstin Stieger.«

Er musterte Lilly wie einen undurchsichtigen Verbrecher, dessen Pflichtverteidigung er übernehmen sollte.

»Würde ich doch nie machen, Papa. Kerstin war dabei. Und nun kommt der Oberhammer: Sie will Lilly als zweite Reitbeteiligung, weil Kerstin und ich in der Woche einfach zu wenig bei Arcos sein können. Erst mal ohne Bezahlung und Vertrag. Zwei oder drei Monate auf Probe.«

»So.«

Demonstrativ lehnte Dr. Jahrsen sich zurück. Ganz offensichtlich hielt er nicht viel von den Neuigkeiten.

»Wieso brichst du nicht in Begeisterungsschreie aus, Papa?«

»Reitbeteiligung ohne Vertrag? Da habe ich meine Bedenken.«

Entschuldigend sah Charlotte Lilly an.

»Papa sucht immer nach Haken.« Sie versuchte, seiner abweisenden Haltung einen lustigen Anstrich zu geben. »Berufskrankheit. Anwälte können nur in Katastrophen denken.«

»Kein Grund, albern zu werden, Charlotte.« Dr. Jahrsen wandte sich an Lilly. »Weißt du, du bist für mich ja völlig fremd. Ein paar Dinge über dich möchte ich schon wissen, wenn meine Tochter sich mit dir ein Pferd teilt.« Er lächelte dünn. »Guck mich nicht so entgeistert an, Mädchen, ich beiße nicht. Ist es von deiner Wohnung nicht zu weit zum Grüntalhof?«

Schnell schüttelte Lilly den Kopf.

»Nein. Mit Bus und Bahn geht es toll hier in Hamburg«, sagte sie ausweichend. »Ich komme schnell überallhin.«

»In welcher Straße wohnst du denn?«

»Papa!«, rief Charlotte empört. »Ist das ein Verhör?«

Lilly überlegt kurz, ob sie einen Straßennamen erfinden sollte, aber das war sinnlos, weil Charlotte ihre Adresse kannte. Ziemlich sicher würde ihr Vater herausfinden, dass er angelogen wurde. Aber wieso mischte er sich überhaupt in ihre Angelegenheiten ein? Im Grunde hatte er absolut nichts mit Arcos zu tun, er war schließlich nicht sein Pferd. Nur, dass die Eigentümerin zufällig seine Arbeitskollegin bei Gericht war.

»Beifußweg«, antwortete Lilly trotzig.

»Oh«, sagte Dr. Jahrsen und zog die Augenbrauen hoch.

Lilly und Charlotte wechselten Blicke.

»Hast du Vorurteile gegen die Ecke oder was?«, warf Charlotte schnell ein. »Ich war heute dort, da ist es total friedlich, wirklich Papa.«

»Komm mal kurz in mein Büro«, ordnete Dr. Jahrsen an. Mit einer kleinen Handbewegung bedeutete er Charlotte, ihm zu folgen. Gleichzeitig nickte er Lilly zu. »Du hast sicher Verständnis dafür? Ich muss das mit meiner Tochter unter vier Augen besprechen.«

Charlotte zog die gefaltete Deutscharbeit aus ihrer Jackentasche und reichte sie Lilly.

»Kannst du inzwischen markieren, was wichtig ist? Gelbe Marker liegen irgendwo auf dem Schreibtisch.« Ihrem Vater rief sie quer über die Diele hinterher: »Lilly ist nämlich der Klassenstar in Deutsch. Die Beste.«

Lilly spürte einen Stich in der Brust, als Charlotte hinter der Bürotür verschwand. Dass Dr. Jahrsen gleich so massiv Unruhe stiftete und sich einmischte, hatte sie nicht erwartet.

Noch vor einer Stunde hatte sie in eine rosige Zukunft geblickt. Jetzt senkten sich düstere Schatten über ihr Glück. Dr. Jahrsen hatte es geschafft, dass Lilly sich minderwertig vorkam.

Was ging in dem Zimmer zwischen den beiden vor? Sie musste es wissen. Normalerweise horchte Lilly nicht an fremden Türen. Aber was war heute schon normal?

Auf Zehenspitzen schlich sie über den Flur und drückte sich an die Wand. Falls Charlottes Mutter heimkam, konnte sie vorgeben, sie sei auf der Suche nach dem Bad.

Schon hörte sie aus dem Büro erregte Stimmen.

»Ich will keinen Ärger mit Kerstin Stieger«, sagte Dr. Jahrsen heftig. »Wir haben schließlich bei Gericht miteinander zu tun.«

»Wieso soll es denn Ärger geben, Papa? Sie selbst hat doch Lilly gefragt und ihr das Angebot mit Arcos gemacht. Ich habe sie nicht überredet oder so. Außerdem ist es doch erst mal nur auf Probe. Und Lilly reitet seit vier Jahren. Besser als ich, wenn du es genau wissen willst.«

»Und wennschon! Ich bin strikt gegen Reitbeteiligungen ohne schriftlichen Vertrag. Da verstehe ich auch Frau Stieger nicht. Sie als Juristin! Weiß sie überhaupt, dass deine Klassenkameradin im Beifußweg wohnt?«

Charlotte wurde ebenfalls lauter.

»Ist das wichtig?«

Wieder Dr. Jahrsen.

»Nichts gegen den Beifußweg. Aber in solchen Stadtteilen geht man mit dem Wort Verantwortung anders um als bei uns. Die Leute dort haben sicher nicht unsere Vorstellungen von Erziehung. Ich bezweifle, dass deine Lilly gewohnt ist, verantwortungsvoll mit Wertgegenständen umzugehen – und Arcos ist schließlich ein wertvolles Pferd.«

Wie kann dieser herzlose Anzugträger Arcos einen Wertgegenstand nennen . . .

Und wieder Charlottes Stimme. »Nicht so laut, Papa. Wenn sie dich hört. Was sagst du denn da überhaupt. Du kennst sie ja gar nicht.«

Lilly hörte Geräusche, die vom Schreibtisch zu kommen schienen.

»Ich rufe Frau Stieger an und informiere sie darüber, dass deine Mitschülerin aus dieser zweifelhaften Großsiedlung kommt. Dann soll sie selbst entscheiden, was sie tut.«

»Das ist gemein, Papa. Das geht dich doch alles gar nichts an!«

»Vielleicht doch. Was ist, wenn Lilly etwas anrichtet? Ob gewollt oder fahrlässig? Ist sie versichert? Wohl kaum. Wenn etwas im Stall passiert mit deiner neuen Mitschülerin, haben wir letzten Endes das Theater mit Arcos' Besitzerin, weil wir Lilly vermittelt haben.«

»Vermittelt? Nein, so war es nicht! Und überhaupt, dann war ich es, nicht du!«

»Ach hör auf, Charlotte. Du bist minderjährig. Tu bitte nicht so unbedarft. Am Ende bleibt doch alles wieder an mir hängen. Ich will das einfach nicht, dass wir Privates und Geschäftliches vermischen.«

Lilly fühlte sich zutiefst gedemütigt. War sie bloß wegen ihrer Adresse ein Mensch zweiter Klasse? Wie abwertend und pauschal Charlottes Vater über die Hochhäuser sprach. Sie hatte gedacht, Großstädter wären toleranter. Aber hier gab es genauso viele Menschen mit Vorurteilen wie in Mallwitz.

Lilly bekam mit, wie etwas aus einem Regal gezogen wurde.

»Weißt du eigentlich, was man da für Verpflichtungen eingeht, Charlotte?«

Lilly hörte leises Quietschen, als würde die Spange eines Aktenordners geöffnet. Rascheln von Papier, dann erneut Jahrsens Stimme.

»Hier ist dein Vertrag für die Reitbeteiligung. Hör zu, was darin steht: ob das Pferd auf die Weide darf, in welcher Situation du sofort den Tierarzt holen darfst, wer für Verletzungen haftet, ob du auf der Straße reiten darfst, ob du an Turnieren teilnehmen kannst und so weiter. Das alles haben wir Punkt für Punkt mit Frau Stieger geregelt.«

»Du bist voll spießig, Papa.«

»Ach Charlotte, du hast doch keine Ahnung vom wahren Leben. Der Beifußweg ist mir wirklich ein Begriff! Letztes Jahr hatte ich vor Gericht mit einem Taxifahrer zu tun, den hatten Jugendliche in die Wohnsiedlung deiner Freundin bestellt« – deine Freundin zog er betont auseinander – »und mit Baseballschlägern traktiert und ausgeraubt.«

Lilly ahnte, dass die Geschichte stimmte. Nachts holte die Polizei öfter mal jemand aus dem Hochhaus. Klar, in so einem großen Komplex gab es auch komische Leute. Aber wie konnte Herr Jahrsen alle über einen Kamm scheren? Sie war doch nicht so und ihre Mutter auch nicht und Vitali ebenso wenig. Überhaupt waren die meisten Leute im Beifußweg ganz normal, anständig und nett.

Dieser blasierte Dr. Jahrsen, bloß weil er einen Doktortitel vorneweg hatte, meinte er, dass er über alles urteilen konnte. Was glaubte der denn? Dass Leute vom Beifußweg mit Baseballschlägern zum Reiten fuhren statt mit Gerten? Das war lächerlich und verletzend.

»Aber Kerstin will Lilly«, rief Charlotte.

Ihr Vater begann nun, gespreizt zu dozieren. Es fielen Worte wie »Rand der Gesellschaft«, »Sozialverlierer« und »Problemviertel«.

»Sei mir nicht böse, Charlotte«, endete die Predigt, »aber das lässt mir alles keine Ruhe. Ich rufe jetzt doch Kerstin Stieger an.«

Lillys Knie begannen zu zittern. Sie presste ihr Ohr an die kalte Steinwand.

Offenbar hatte Charlotte ihrem Vater signalisiert, das Telefon auf laut zu stellen, denn plötzlich hörte Lilly das Gespräch bis auf den Flur. Klar, Charlotte wollte sich mit eigenen Ohren von Kerstins Antworten überzeugen. Wollte ihrem Vater keine Chance geben, ihr etwas vorzugaukeln.

». . . ja, meine Tochter sitzt gerade bei mir. Habe nur eine kurze Frage, um mich zu vergewissern: Stimmt es, dass Sie ein Mädchen aus Charlottes Klasse ohne Vertrag reiten lassen wollen?«

Lilly hörte das rauchige Lachen von der anderen Seite.

»Das geht schon klar, Herr Kollege.«

»Sind Sie sich da sicher?«

»Kommen Sie.« Wieder das heisere Lachen. »Reiten ohne Vertrag steht doch neuerdings nicht etwa im Strafgesetzbuch?«

»Frau Stieger, Sie wissen, wie schnell eine unklare Situation entstehen kann.«

»Ach, man muss doch nicht immer schwarzsehen. Das Mädchen machte auf mich einen vertrauenswürdigen Eindruck. Sehr kompetent, was Reiten angeht. Wir kommen schon alle miteinander klar, Charlotte, Lilly und ich.«

Lilly sah praktisch vor sich, wie Charlotte ihren Vater beschwörend anstarrte, damit er den Beifußweg nicht ins Feld führte.

»Gut, ich wollte das nur sicherheitshalber mit Ihnen abklären. Entschuldigen Sie bitte die Störung.«

»Grüßen Sie Charlotte. Bis morgen im Gemäuer.«

Jahrsen hatte das Thema Großsiedlung nicht angeschnitten!

Lilly stieß einen Seufzer der Erleichterung aus. Obwohl nun alles klar war, mochte sie sich nicht mehr richtig freuen. Ein Stachel blieb zurück. Ihre höhnische innere Stimme meldete sich wieder.

Neu in Hamburg und sofort ein Superpferd finden . . . und dazu eine Nette in der Klasse. Und Reiten ohne Kostenbeteiligung. Das hättest du wohl gerne. Wie naiv bist du eigentlich? So etwas passiert nur im Film . . .

»Danke, dass du nichts gesagt hast, Papa«, hörte Lilly Charlotte sagen.

»Aber nur, weil es mich im Prinzip wirklich nichts angeht«, hörte sie Dr. Jahrsen. »Frau Stieger wird schon sehen, was sie von ihrer Gutgläubigkeit hat.«

»Ach Papa, sag doch nicht so was . . .«

Lilly hatte genug gehört. Leise schlich sie in Charlottes Zimmer zurück. Mit beiden Händen tastete sie durch Papierstapel, bis sie den flachen Neonstift fand. Geistesabwesend nahm sie sich den Deutschtest vor und begann, Sätze zu markieren. Sie legte den Aufsatz mit einer Klebenotiz für Charlotte auf die Computertastatur und ging auf Zehenspitzen durch die Diele zum Ausgang. Keine Minute länger mochte sie in diesem Haus bleiben.

Mit Dr. Jahrsen würde es garantiert noch Schwierigkeiten geben, sagte ihr Magen. Er würde keine Ruhe geben, bis er ihr einen Fehler nachweisen konnte, Charlottes unduldsamer Vater. Ein sturer Paragrafen-Hengst war er, nichts anderes. Obwohl er nichts mit Pferden zu tun hatte, musste sie seinetwegen höllisch aufpassen. Er würde sie misstrauisch beobachten. Sie durfte sich nichts leisten, gar nichts. Die geringste Schwäche, jede winzige Nachlässigkeit würde Dr. Jahrsen in seinen Vorurteilen bestätigen. »Siehst du Charlotte, ich habe dich gewarnt, mit jemandem aus dem Beifußweg kannst du nicht arbeiten.« So hörte sie ihn bereits triumphierend ausrufen.

Und zack war die Reitbeteiligung weg. Und Arcos verloren. Nie durfte das passieren. Arcos war doch ihr Rettungsanker in der fremden Stadt.

Leise zog Lilly die Tür hinter sich zu.

9.

Am nächsten Tag wies Kerstin Stieger Lilly in alle Arbeiten auf dem Grüntalhof ein.

»Um das gründliche Ausmisten und um die Fütterung kümmert sich Herr Tillner«, sagte sie. »Nimm du nur das nasse Stroh aus der Box und die Pferdeäpfel. Frisches Stroh rein, dann noch Tränke und Trog putzen.«

»Das ist doch keine Gegenleistung für zwei Reitstunden in der Woche!«, protestierte Lilly. »Das macht man ja sowieso, wenn man zum Reiten kommt.«

Aber Arcos' Eigentümerin genügte es.

»Mir ist wichtig, dass du dich genau an unsere Absprachen hältst. Dass du Arcos leicht reitest. In aller Ruhe. Zunächst keine anspruchsvollen Lektionen. Und Vorsicht mit dem Zügel, aber du hast ja keine harte Hand, wie ich gestern gesehen habe.«

Die ganze Zeit, während sie sich unterhielten, saß Lilly die Furcht im Nacken. Kam Kerstin am Ende, angestachelt durch Dr. Jahrsen, doch noch mit einer schriftlichen Vereinbarung? Und würde sie einen Rückzieher machen, sobald sie das Wort Beifußweg hörte?

Kerstin erwähnte den Vertrag jedoch mit keinem Wort. Lilly hatte das Gefühl, die Richterin freute sich tatsächlich, dass jemand sich um Arcos kümmerte, und als sie sich endlich verabschiedete, um pünktlich zu ihrem Seminar zu kommen, da hätte Lilly die Welt umarmen können.

Von Tag zu Tag wurde die Verbindung zu Arcos inniger. Es war die reinste Freude, Arcos zu reiten, und Lilly und der schöne Andalusier harmonierten miteinander, wie es besser nicht sein konnte.

Arcos wurde zum Dreh- und Angelpunkt in Lillys Leben. Sogar die Wochentage benannte sie nicht mehr nach dem Kalender. Sonntag hieß bei Lilly nicht Sonntag, sondern »der Tag vor der Montags-Reitstunde«, und Freitag war nicht Freitag, sondern »der Tag nach der Donnerstags-Reitstunde«.

Jedes Mal, wenn sie am Grüntalhof in den Bus stieg und von Arcos zurück nach Hause fuhr, hatte Lilly das Gefühl, das Treffen mit ihm sei schon eine Ewigkeit her und sie könnte die zwei oder drei Tage bis zur nächsten Reitstunde unmöglich überstehen. Endlos dehnten sich die Stunden bis zum nächsten Besuch. Die gesamte Familie zog Lilly liebevoll mit ihrer Arcos-Verliebtheit auf. Lillys Mutter hinterließ im Kühlschrank kleine Aufkleber am Joghurt. »Für den Stall – damit du nicht vor Hunger ohnmächtig wirst, wenn du deinen Arcos stundenlang putzt.« Manchmal brachten die Zwillinge Äpfel aus dem Hort mit nach Hause, die Lilly blank poliert auf ihrem Kopfkissen fand, mit einem Zettel in Tims steiler Handschrift: »Für dein süüüüüüßes Pferd«.

Arcos wurde das Maß aller Dinge. Als Lilly mit der 8a den Hamburger Hafen erforschte, fragte sie sich nicht wie der Rest der Klasse: Wie viele Kilometer sind es von hier bis New York? Sondern: Wie viele Kilometer sind es bis zum Grüntalhof? Lud

Charlotte sie in die Eisdiele ein, weil Lilly ihr manchmal in Deutsch half, fiel ihr prompt beim Anblick des Metall-Cups Arcos' Trog ein: Frisst er vielleicht gerade? Wartete Lilly morgens auf den Bus, ging ihr durch den Kopf: Steht Arcos draußen auf dem Paddock und guckt in meine Richtung?

Voller Glück spürte sie, dass der sensible Wallach auf ein Mädchen wie sie gewartet zu haben schien. Lilly freute sich wahnsinnig über diese Entdeckung, sprach aber nie darüber. Sie konnte doch Kerstin und Charlotte nicht vor den Kopf stoßen, die das Pferd viel länger kannten.

Doch Lilly bemerkte ganz deutlich die Feinheiten in Arcos Benehmen. Sobald sie die Stallgasse betrat, senkte der Andalusier wie befreit den Kopf und seine Stirnfalten verschwanden. Die schnelle Abfertigung durch Kerstin oder Charlotte fand er offenbar grässlich.

Auch beim Reiten spiegelte sich die innige Beziehung wider. Längst war Arcos nicht mehr das Formel-1-Pferd, das in hohem Tempo durch die Halle fegte. Inzwischen konzentrierte er sich besser und ging wunderschön versammelt. Von Reitstunde zu Reitstunde kamen sie und Arcos ein Stück weiter.

Manchmal sehnte Lilly sich so sehr nach ihm, dass es wehtat. Das spanische Pferd beherrschte alle ihre Gedanken und neben der Schule hatte sie für nichts anderes Zeit als für Arcos.

Dabei hätte sie sich, wenn sie ehrlich war, gern öfter mit Vitali getroffen. Ein paar Mal hatte er sie in die Croque-Bude an der U-Bahn eingeladen, doch nur einmal war sie mitgegangen. Aber für Lilly stand fest: Sobald sie sicher sein konnte, Arcos als Reitbeteiligung zu behalten, wenn sie nicht länger aus Sorge um die Zukunft so schrecklich angespannt war, würde sie mehr mit Vitali unternehmen. Neulich hatte er auf dem Dach plötzlich zwei russische Teegläser aus der Tasche geholt und sie ihr geschenkt. Und das erste Mal davon gesprochen, ganz verlegen, wie gemütlich er die Teestunden in seiner alten Heimat in Erinnerung hatte. Süß war das gewesen. Vielleicht sollte sie Vitali in den Frühjahrsferien mal einladen? Sie könnte Waffeln backen und Tee kochen ...

Doch dazu sollte es nicht mehr kommen.

Lilly hatte ein paar Tage nichts von Vitali gesehen und gehört, was an sich nichts Ungewöhnliches war. Darum fiel sie aus allen Wolken, als am Abend ein Päckchen von ihm auf der Fußmatte vor ihrer Tür lag. Auf dem Umschlag stand in dickem Filzer: »Für Lilly Beier. Ich bin ausgezogen!!!«

Als Lilly den Umschlag aufriss, fiel ihr als Erstes die Totenkopfbox mit dem Vierkanteisen in die Hand. Was war passiert? Mit Unbehagen las sie den beiliegenden Brief.

Hi Lilly!
Bin absolut down.

Wir gehen zurück nach Kasachstan. Mein Vater hat sich durchgesetzt. Er hat meinen Bruder und mich von heute auf morgen von der Schule abgemeldet. Einfach so. Kannst du dir vorstellen, wie sauer ich bin??? War heute dreimal bei dir an der Tür, keiner da. Jetzt packe ich meinen Fenstergriff in den Umschlag. Lagerst du ihn für mich? Kannst jetzt immer aufs Dach.

In vierzehn Monaten bin ich volljährig, dann komme ich zurück nach HH, ich schwör. Im März melde ich mich aus Kasachstan. Scheißspiel. Vitali. :-||

Frustriert ließ Lilly den Brief sinken.

Vierzehn Monate. Was für eine unvorstellbar lange Zeit. Fünfzehn war sie dann, fast sechzehn. Verdammt, Vitali würde ihr fehlen. Alles war so problemlos und einfach mit ihm gewesen. Zwischen ihnen hatte einfach alles gepasst, dazu mussten sie sich gar nicht ständig sehen.

In einem spontanen Impuls stieg Lilly in den Fahrstuhl, fuhr in den zwölften Stock und kletterte aufs Dach.

Kalt war es hier oben. Bibbernd ließ Lilly die Arme kreisen. Vitali war weg. Schon wieder wurde ihr Leben durcheinandergeschüttelt.

Mit den Händen schlug sie sich die Schultern warm. Ob es in Kasachstan auch kalte Winter gab? Wo lag das Land eigentlich? Irgendwo weit im Osten, früher Sowjetunion, mehr wusste sie nicht. Aber wo? Norden? Süden? Wie sie Abschiede hasste! Konnte nicht immer alles gleich bleiben? Es war so mühselig, sich immer neue Positionen in der Welt zu suchen.

Vitali war ein richtig guter Freund gewesen. Einer, auf den sie sich verlassen konnte. Und nun? Weg. Verschwunden aus ihrem Leben.

Mit traurigem Herzen tickerte Lilly eine SMS an Vitali.

Bin total geschockt! Hammerharte Nummer, die deine Familie durchzieht. Wie konnte dein Vater nur! Es ist so gemein. :: (Melde dich gleich, wenn du angekommen bist! Stehe gerade auf dem Dach. 1000 Dank für den Fenstergriff. Wir wohnen sicher noch hier, wenn du zurückkommst. Wenn nicht, hinterlege ich eine Nachricht an der Mobilfunkantenne. Schlag dich tapfer im Packeis . . . oder wo liegt Kasachstan genau? Werde im Diercke nachgucken. LG Lilly. PS: Du musst zurückkommen, damit wir deine Teegläser einweihen können.

Was für ein Glück, dass es Arcos gab . . .

Nach den niederdrückenden Neuigkeiten von Vitalis Umzug konzentrierte sich Lilly nun vollkommen auf ihren schönen Andalusier. Zum Glück gab es im Stall keinen Grund zur Sorge.

Die Befürchtung, Dr. Jahrsen könnte Kerstin Stieger doch noch auf den Beifußweg aufmerksam machen, verblasste in Lillys Gedanken – obwohl Charlotte berichtete, dass ihr Vater bei jeder Gelegenheit auf dem Hochhausviertel herumhackte.

»Es wurmt ihn, dass er sich nicht durchgesetzt hat«, glaubte Charlotte. »Papa ist gewohnt, alles so lange zu drehen und zu wenden, bis er recht hat.«

Nachdem Vitali weggezogen war, gewöhnte Lilly sich an, nicht nur montags und donnerstags zum Grüntalhof zu fahren, sondern fast jeden Tag, sobald ihre Mutter von der Arbeit heimkam und die Zwillinge übernahm. Von nun an fand sie es gar nicht mehr so toll, wenn ihre Mutter Pläne fürs Wochenende schmiedete, weil sie dann nicht bei ihrem Schatz sein konnte.

»Lilly, wir wollen Sonntag mit der ganzen Familie zur Schiffsbegrüßungsanlage fahren.«

»Ach Mama, kannst du nicht mit den Jungs allein fahren? Ich würde gern Arcos besuchen.«

»Ich dachte, am Wochenende reitet Charlotte?«

»Schon, aber ich möchte Arcos einfach nur sehen.«

»Deine Begeisterung für das Pferd nimmt langsam überhand, finde ich. Du hast ja nichts anderes mehr im Kopf.«

»Lass mich doch, Mama. Vor dem Umzug hast du versprochen, wenn ich einen neuen Stall finde, darf ich jederzeit zu den Pferden, solange die Schule nicht leidet. Und die leidet nicht.«

»Ach Lilly, hast ja recht. Ich habe dir in letzter Zeit eine Menge zugemutet mit Tim und Felix. Du hast dir den Stall wirklich verdient. Aber was tust du denn auf dem Grüntalhof, wenn du nicht reitest?«

Darauf hätte Lillys ehrliche Antwort eigentlich so lauten müssen: »Wenn du es genau wissen willst, Mama: Ich verstecke mich. Ja, du hörst richtig – ich verstecke mich hinter der Plane im Lkw-Anhänger am Außenplatz. Warum? Damit Charlotte und Kerstin mich nicht sehen. Sonst glauben sie noch, ich spioniere ihnen nach. Dabei will ich nur beim Reiten zugucken. Meistens trainieren sie ja draußen. Du kannst dir nicht vorstellen, wie schön das ist, Arcos traben zu sehen. Aus meinem Versteck kann ich beobachten, wann Kerstin und Charlotte den Stall verlassen. Was meinst du, wie hektisch die jedes Mal vom Hof stürmen. Und oft vergessen sie etwas: Mal liegt ein Hufkratzer in der Einstreu, mal ist die Boxentür nicht richtig geschlossen. Und stell dir vor: Letzte Woche musste ich Pferdeäpfel aus der Tränke holen, die hatte Charlotte in der Eile übersehen. Aber die anständige Versorgung ist natürlich nur eine Sache. Am herrlichsten ist es, Arcos einfach zu beobachten. Beim Fressen. Beim Dösen. Und dann sind da unsere Gespräche . . . Nein, Mama, ich spinne nicht. Klar weiß ich, dass Pferde nicht reden können. Aber wir kennen uns so gut, Arcos und ich, dass ich genau weiß, was er mir sagen will. Ich verstehe, was er denkt. Er bedeutet mir mehr als alles andere auf der Welt. Und Mama, dann ist da noch etwas: Arcos ist so schön, so überirdisch schön, dass ich das Gefühl habe, sein Glanz strahlt auf mich ab, solange ich bei ihm bin. Und wenn ich von Arcos heimfahre in unsere graue Siedlung, bleibt sein Leuchten in mir zurück.«

Doch das alles sagte Lilly nicht. Nicht zuletzt, weil die Sehnsucht nach Licht im Leben ihre Mutter gekränkt hätte. Darum sagte Lilly nur: »Im Stall gibt es immer Arbeit, Mama.«

Arcos gewöhnte sich sehr schnell an die zusätzlichen Schmusestunden mit Lilly, ja, er wartete regelrecht darauf. Feste Rituale hatten sich entwickelt. Beim Hereinkommen warf Lilly ihm eine Kusshand zu – für Arcos das Signal, an die Boxentür heranzutreten und seine Nase leicht gegen die Gitterstäbe zu legen, während Lilly die Schiebetür Zentimeter für Zentimeter zur Seite schob. Dann genoss Arcos mit halb geschlossenen Augen das Entlanggleiten der Türstäbe. Nur bei Lilly traute er sich das, stellte sie mit heimlicher Genugtuung fest. Bei jedem anderen Reiter zog Arcos sofort den Kopf zurück. Eine Pferdenase reagiert höchst empfindlich auf Druck.

Als der Winter Mitte Februar zurückkam und Lilly sich eine heftige Erkältung einfing, mit Fieber, Husten und Halsschmerzen, schleppte sie sich tagelang durch kalten Regen zur Schule – aus Angst, ihre Mutter würde ihr auch die Stallbesuche verbieten, wenn sie sich am Gymnasium krank meldete. Mit dem Montagsritt klappte es mehr schlecht als recht, danach schmerzte Lilly jeder einzelne Knochen. Zu Hause ließ sie das Fieberthermometer verschwinden, um ihren geheiligten Donnerstag mit Arcos nicht zu gefährden.

Mühselig brachte sie die Reitstunde zu Ende, aber Freitag früh glühte Lillys Kopf derartig, dass ihre Mutter sie ins Bett schickte und ihr verbot, zum Gymnasium oder in den Stall zu fahren.

»Wenn du drei Tage strikt im Bett bleibst, darfst du Montag

wieder zu deiner Reitstunde«, versprach ihre Mutter. Lilly kapitulierte, wenn auch schweren Herzens. Ihr einziger Trost war, dass Charlotte von Freitag bis Sonntag Stalldienst hatte und Lilly niemand bitten musste, ihre Stunde zu übernehmen. Das war noch nie vorgekommen.

10.

Feuchtkühle Luft schlug Lilly entgegen, als sie am Montag nach dem Erkältungs-Wochenende aus dem Bus sprang und die abschüssige Straße zum Grüntalhof hinablief. Drei Tage ohne ihren Schatz, furchtbar. Sie freute sich wahnsinnig auf Arcos.

Auf dem Außenplatz leuchteten zahllose kleine Regenpfützen. Schwerer Boden. Sah aus, aus müsste sie mit Arcos drinnen bleiben.

Nur gut, dass die letzte Stunde ausgefallen war. Gleich von der Schule aus war Lilly zum Grüntalhof gefahren, denn jetzt um Viertel nach eins hatte sie noch freie Bahn in der Reithalle. Vor drei erschien selten ein anderer Reiter auf dem Hof.

Dünner Nieselregen legte sich wie ein Film auf Lillys Haar. Sie zog die Schultern ein und stellte den Kragen ihrer Schuljacke hoch, als sie am Kasino entlanghuschte. Sie wollte sich auf keinen Fall gleich wieder erkälten. In Tillners Blumenkästen im ersten Stock blühten zaghaft die ersten Stiefmütterchen, ein gelber Lichtblick in der trüben Februarstimmung.

Mit Charlotte hatte sie morgens nur kurz sprechen können, denn ihre Freundin saß ab heute nicht mehr neben ihr wie in den letzten Wochen. Frau Schulte hatte einen neuen Sitzplan aus der Tasche gezogen und Charlotte musste bis zu den Maiferien ganz nach vorn. Der erste Tisch – Höchststrafe nannten sie das in der Klasse.

Mit zwei sportlichen Sätzen sprang Lilly über eine Reihe von Pfützen hinweg. Die Erkältung war aus den Knochen, sie fühlte sich wieder fit.

In der großen Pause wollte Lilly mit Charlotte reden, aber sie stand die ganze Zeit mit Luke aus der 11a zusammen, dem Jungen aus ihrer Metal-Band.

Lilly schüttelte den Stallschlüssel aus dem Bund am Umhängeband. Das Schloss klemmte, wie immer bei feuchtem Wetter. Obwohl sie sich gegen die Tür stemmte, bewegte sich der Schlüssel um keinen Millimeter. Nichts zu machen.

Sie lief an den Paddocks vorbei zum Hintereingang. Mit triefend nassen Mähnen standen vier Pferde draußen und dösten zufrieden. Das Wetter machte ihnen nichts aus. Als Lilly vorüberging, öffneten zwei Pferde ihre Augen einen Spalt, um sie danach gleich wieder zu schließen.

Die Hoftür zu den Boxen stand offen. Die Stallgasse dampfte feucht.

Schade, dachte Lilly, dass Charlotte mir nichts von Arcos erzählt hat. Sie hätte gern gewusst, ob er am Wochenende die Achtmetervolten gegangen war.

Den ganzen Januar und Februar über hatten sie alle intensiv mit Arcos gearbeitet. Anfangs hatte Kerstin ihr jede Woche ins Reiterbuch geschrieben, welche Lektionen Lilly reiten sollte. Doch inzwischen vertraute sie darauf, dass Lilly ihr Pferd nach Tagesform ritt. Im Moment war Arcos top trainiert.

»Ich bin sehr zufrieden«, hatte Kerstin Stieger letzte Woche ins Buch geschrieben, »habe deswegen eine Überraschung für dich. Wir sollten über eine feste Reitbeteiligung sprechen.«

Vielleicht durfte sie Arcos dreimal die Woche reiten? Charlotte würde sich freuen, dann konnte sie in Ruhe zu ihren Schlagzeugproben. Das Reitprogramm war ihr ja ohnehin zu stressig. Erst letzte Woche hatte sie gestöhnt: »Wenn ich doch bloß nur noch zum Schmusen kommen könnte. Reiten muss ich nicht haben, aber der Mensch braucht ja mal Körperkontakt, wo schon meine Eltern die reinsten Eisblöcke sind.« Typisch Charlotte. Immer direkt.

Arcos schaute Lilly entgegen, als sie ihm einen Kuss durch die Luft zuwarf. Er stand ruhig in seiner Box, fraß nicht und döste nicht.

»Hallo, mein Schatz«, flüsterte Lilly leise, um die schlafenden Nachbarpferde nicht aufzuschrecken.

Komisch, dass er nicht zur Tür kommt wie sonst, ging Lilly flüchtig durch den Kopf, als sie ihren Rucksack auf der Bank am Waschplatz abstellte.

Sie machte sich aber keine weiteren Gedanken. War wohl einfach die falsche Zeit, vielleicht hatte sie ihn beim Mittagsnickerchen gestört.

In der Sattelkammer wechselte Lilly die Hose und schloss die vordere Eingangstür auf, die von innen leichter zu öffnen war.

Mit Kardätsche und Striegel trat sie in Arcos Box. Lilly bürstete kurz über die Sattellage, bevor sie das Pferd sattelte und auftrenste.

»Das richtige Putzen erledigen wir später in Ruhe. Jetzt sausen wir schnell in die Halle, bevor die Reitermeute auftaucht«, flüsterte sie ihm ins Ohr.

Arcos folgte ihr durch die Stallgasse über den Hof zur Halle, etwas langsam, wie Lilly schien. Ob Charlotte am Wochenende zu viel getan hatte?

»Hast du etwa Muskelkater, mein Kleiner?«

Ungemütliche Kühle hüllte Lilly ein, als sie durch die Hallentür trat. Sie schüttelte sich. Wie frisch es heute war, dabei stand der Frühling doch in den Startlöchern.

»Beim Reiten wird uns gleich warm, Arcos.«

Summend zog Lilly die Steigbügel herunter. Das Leben war schön. Hamburg gefiel ihr immer besser. Am tollsten fand Lilly die U-Bahn, die alle zehn Minuten fuhr. Kreuz und quer konnte sie durch die Stadt kurven. Inzwischen kannte Lilly eine Menge malerischer Ecken in Hamburg. Und zu Hause wartete ein besonderes Highlight: ein Musical-Gutschein von Frau Jahrsen. Geschenk für Nachhilfestunden, die sie Charlotte gegeben hatte.

Behutsam gurtete Lilly nach und schmiegte dann schnell ihre Backe an Arcos Schulter.

Der Umzug nach Hamburg entwickelte sich immer mehr zum Glücksfall. Ihre Mutter arbeitete inzwischen in der Zentrale ihrer Firma und hatte bessere Bürozeiten.

Aber das Schönste, das Beste, das Genialste war: Sie durfte Arcos reiten . . .

Lilly schwang sich in den Sattel und ließ ihn antreten. Zögernd setzte Arcos die Hufe voreinander, unwilliger als normalerweise.

Hatte er heute einfach keine Lust?

»Du bist auch schon mal freudiger losgegangen«, sagte Lilly und kraulte aufmunternd seinen Widerrist. »Na, das wird schon nach ein paar Runden.«

Aber anstatt leichtfüßiger voranzuschreiten, ging Arcos zunehmend schwerfälliger. Nicht einmal eine ganze Runde hatte

Lilly geritten, da meinte sie, dass Arcos die Hinterbeine durch die Sägespäne nachzog. Irritiert drehte sie sich im Sattel um und versuchte, den Grund für das Schlurfen zu erkennen.

»Bist du etwa lahm?«, fragte sie mit wachsender Besorgnis. Bevor sie darüber nachdenken konnte, wurde Arcos plötzlich stocksteif. Im nächsten Moment blieb er wie angewurzelt stehen. Sekunden später knickte er mit der Hinterhand ein, als hätte ihm jemand die Beine weggezogen.

Panik erfasste Lilly. Sofort sprang sie aus dem Sattel.

»Was hast du denn?«, fragte sie und forschte in seinem Gesicht. Furchtsame Überraschung spiegelte sich in Arcos' Augen.

Lilly beugte sich zu den Hinterbeinen vor. Arcos entlastete kein Bein, wie Lilly das von Lahmheiten oder Hufgeschwüren kannte.

Sorgfältig tastete sie seine Beine Stück für Stück ab, aber sie erkannte nichts Ungewöhnliches. Keine Schwellung, keine Verletzung, keine Wärme, keine angelaufenen Sehnen. Wenn sie Arcos jedoch betrachtete, seine steife Haltung, sein verwirrtes, verängstigtes Gesicht, war unübersehbar, dass ihr Pferd nicht in Ordnung war.

»Ich bringe dich zurück in die Box. Komm mein Schatz.«

Lilly nahm die Zügel vom Hals. Arcos rührte sich nicht. Wie gelähmt verharrte er noch immer auf derselben Stelle. Keinen Schritt mochte er vorwärts gehen.

»Komm doch, Arcos. Warum willst du denn nicht mit? Sag doch was!«

Trotz der Kühle spürte Lilly ein heißes Kribbeln an den Schläfen, das langsam in den Nacken kroch, Zentimeter für Zentimeter.

Das Pferd redete nicht mit ihr, nicht mit den Augen, nicht mit den Ohren, nicht mit den Nüstern. Arcos' Gesicht zeigte nur einen einzigen Ausdruck, aus dem Lilly las: »Ich habe Schmerzen.«

Erst fünf oder zehn Minuten später, die Lilly wie eine Ewigkeit erschienen, gelang es ihr, Arcos im Schneckentempo aus der Halle zu führen, Schritt für Schritt über den leeren Hof. Seine Vorderbeine wollten vorwärts gehen, aber die hintere Körperhälfte schien ihm nicht zu gehorchen.

Endlich hatte sie ihn in die Box bugsiert. Mit hängendem Kopf blieb Arcos im Stroh stehen, ohne Anstalten zu machen, sich über die frischen Weizenhalme herzumachen, die er sonst nie liegen ließ.

Vielleicht brauchte Arcos einfach nur Ruhe?

Beim Reiten hatte sie auf jeden Fall nichts falsch gemacht, in diesen zwei Minuten. Sorgenvoll betrachtete Lilly das Pferd. Arcos litt, das war offensichtlich. Würde sich sein Zustand von allein bessern? Oder musste sie den Tierarzt rufen? Armer Arcos.

Du tust mir so leid.

Und dann war da plötzlich ein anderer Gedanke, der sich vor Lillys Mitgefühl schob. Der Gedanke an Charlottes Vater. Sie ahnte, was Dr. Jahrsen sagen würde, wenn er erfuhr, dass der Tierarzt kommen musste.

»Eine wie du kann eben nicht mit wertvollen Pferden umgehen. Wer zahlt nun die Rechnung? Du hast doch gar kein Geld, also bleibt alles an meiner Kollegin hängen. Kerstin Stieger wird mir schöne Vorwürfe machen, dass ich ihr nicht massiver abgeraten habe.«

Ja, was sollte Kerstin denken, wenn Lilly ihr Pferd krank aus der Reithalle zurückbrachte?

Ängstlich starrte Lilly auf ihren geliebten Arcos. Vor so einer schwierigen Situation hatte sie noch nie allein gestanden. Ohnmacht, Furcht, Verantwortungsgefühl ... das alles zerrte an ihr.

Schlagartig wurde Lilly klar, was dieser Vorfall bedeutete: Wenn Arcos ernsthaft erkrankt war, ausgerechnet in ihrer Stunde, würde man sie nicht mehr reiten lassen. Dafür würde Dr. Jahrsen sorgen.

Aber das durfte nicht passieren. Ein Leben ohne Arcos konnte sie sich gar nicht mehr vorstellen. Er war doch ihr Rettungsanker in dieser Stadt. Lillys Gedanken wirbelten durcheinander ... bis sich eine fixe Idee in ihrem Kopf festsetzte.

Niemand darf erfahren, dass ich bei Arcos gewesen bin – dann kann mir auch niemand die Schuld für sein Lahmen in die Schuhe schieben.

Sie musste den Stall nur schnell verlassen und erst gegen drei zurückkehren, wenn auch die anderen Reiter eintrafen. Noch hatte niemand sie auf dem Grüntalhof gesehen. Noch schaffte sie es, unbemerkt zu verschwinden.

Aber konnte sie Arcos zumuten, mehr als eine Stunde auf den Tierarzt zu warten?

Arcos' Ohren zuckten ein wenig. Wirkte er nicht bereits entspannter? Oder war das nur ihr sehnlicher Wunsch? Sie hob die Hände und streichelte sachte über sein Gesicht, über den üppigen Stirnschopf und das glatte weiße Fell, das sich in ihre Handflächen schmiegte. Arcos zeigte keine Reaktion.

Du bist doch gesund, Arcos, komm, zeig doch, dass alles vorbei ist. Das war doch nur so eine dumme Schwäche vorhin in der Halle.

Aber anstatt lebhafter zu werden, begann Arcos zu schwitzen. Das ganze Pferd wankte, schwankte und mit einem Mal ließ es sich aufstöhnend ins Stroh fallen, gerade so, als fehlte ihm die Kraft zu stehen.

Entsetzt trat Lilly einen Schritt rückwärts und starrte auf das am Boden liegende Pferd. Ein Albtraum!

Wie hatte sie nur eine Sekunde daran denken können, heimlich fortzuschleichen! Arcos war ihr anvertraut. Sie allein trug in diesem Moment die Verantwortung.

Lilly warf noch einen letzten Blick in die Box und rannte dann aus dem Stall über den Hof zu Tillners Haus. Sie warf sich gegen die Klingel und pochte gleichzeitig an die Holztür.

»Herr Tillner, schnell, ich brauche einen Tierarzt.«

Als niemand öffnete, rannte sie zurück auf den Hof und starrte zu den Fenstern hoch.

»Herr Tillner«, rief sie gellend. »Herr Tillner, ein Notfall! Sind Sie da?«

Im ersten Stock rührte sich nichts.

Verzweifelt blickte Lilly sich um. Der Geländewagen fehlte, der große Anhänger ebenfalls. Sie schlug sich gegen die Stirn. Natürlich, heute war Montag, da holte Herr Tillner Futter.

Irgendwo schrie eine Motorsäge . . . aber von weit her. Lilly konnte nicht einmal die Richtung zuordnen, sonst hätte sie hinlaufen und Hilfe holen können.

Völlig aufgelöst stürzte sie zurück in den Stall.

Ich muss Kerstin benachrichtigen.

Ihre Telefonnummer stand in Arcos' Reiterbuch, in das man nach jeder Reitstunde kurze Bemerkungen eintrug. Vorn waren alle wichtigen Adressen aufgelistet: Tierarzt, Schmied, Charlotte, Kerstin.

Lilly riss die kleine graue Spindtür auf. Mit fahrigen Fingern schob sie Dosen mit Leckerli zur Seite, Sporen, ein Paar Steigbügeleinlagen. Sonst lag das Reiterbuch doch immer hinten rechts, verdammt, wo steckte es nur? Vielleicht hatte Charlotte gestern etwas aufgeschrieben, was ihr weiterhalf?

Nichts. Sinnlos, länger zu suchen.

Schluchzend wischte sie sich mit dem Ärmel übers Gesicht, das nass von Tränen war.

Du Weichei, schimpfte sie mit sich. Verlier nicht die Nerven. Bist *du* krank oder Arcos? Denk doch mal mit Plan, du hast doch Kerstins Nummer gespeichert.

Lilly zog ihr Handy hervor und rief Kerstin an.

»Dies ist die Mailbox von Kerstin Stieger. Bitte hinterlassen Sie eine Nachricht.«

Nur der Speicher!

»Arcos ist krank, Kerstin! Ich weiß nicht, was ich tun soll. Er liegt schwitzend in der Box. Im Stall ist kein Mensch, auch Herr Tillner nicht. Bitte, bitte, ruf mich sofort auf dem Handy an, wenn du die Nachricht abhörst. Ich habe keine Telefonnummer vom Tierarzt.«

Bei Charlotte sprang nicht einmal die Mailbox an.

Lilly warf einen ängstlichen Blick auf Arcos' Box. Noch immer lag er auf dem Boden.

Die Stallgasse war wie ausgestorben. Vor drei Uhr würde sich niemand blicken lassen. Zu lange.

Noch einmal lief Lilly zum Spind herüber und wühlte den Blechschrank durch. Zum zehnten Mal räumte sie alles auf den Boden. Irgendwo musste doch eine Tierarztadresse zu finden sein. Aber sie entdeckte nichts.

Lilly lehnte sich gegen das kalte Stahlblech.

Ihre Horrorvorstellung wurde wahr – sie musste Charlottes Vater anrufen. Für absolute Notfälle war Dr. Jahrsens Büronummer in ihrem Handy gespeichert. Mit dem Anruf riskierte sie alles.

Mit kalten Fingern suchte Lilly im Speicher nach der Nummer der Anwaltskanzlei. Da tauchte sie auf. Lilly starrte auf die Zahlen und dachte daran, dass sie sich mit diesem Anruf die Chance nahm, ihr geliebtes Pferd jemals wieder reiten zu dürfen. Jahrsen anzurufen, war das Schlimmste, was ihr passieren konnte.

Noch einmal tief Luft holen. Dann drückte Lilly die grüne Wähltaste.

»Bitte, ich möchte Herrn Dr. Jahrsen sprechen«, sagte sie mit trockenem Hals, als die Kanzlei sich meldete. »Schnell. Es ist dringend.«

»In welcher Angelegenheit?«

»Das Pferd seiner Tochter.«

Sie wurde sofort verbunden.

»Herr Dr. Jahrsen? Verzeihung, dass ich Sie störe, aber ich erreiche weder Kerstin noch Charlotte.«

Mit Panik in der Stimme berichtete sie von Arcos und seinem furchterregenden Zustand.

»Natürlich muss der Tierarzt kommen«, erwiderte der Anwalt, »gib mir mal seine Nummer. Was, die hast du nicht?« Dr. Jahrsen redete sich in Rage. »Diese plötzliche Lahmheit geht ja wohl auf deine Kappe. Meine Tochter hat gestern nichts davon gesagt, dass Arcos etwas fehlt. Ist schon ein starkes Stück, dass du mich bei der Arbeit unterbrichst, weil du deine Siebensachen nicht beisammenhast.«

Lilly stöhnte. Der Jahrsen war so ungerecht! Sollte sie ihm erzählen, dass seine Charlotte womöglich das Stallbuch mit den Telefonnummern mit nach Hause genommen hatte? Weil sie keine Lust hatte, ihre Reitberichte im Stall einzutragen? Nein, das sähe so aus, als wollte sie ihr die Schuld zuschieben.

»Charlotte hat heute Geigenstunde«, fuhr der Anwalt kühl fort. »Da stellt sie das Handy aus. Weißt du wenigstens den *Namen* des Tierarztes?«

»Ich . . . ich habe ja noch nie mit ihm zu tun gehabt! Fing mit A an, glaube ich.«

»Glaubst du! Mehr kann man ja wohl nicht erwarten . . . na gut, warte, meine Auszubildende sieht im Branchenbuch nach.«

Dr. Jahrsens Stimme schwächte sich ab. »Frau Fasbender, kommen Sie doch mal kurz her.«

Lilly behielt Arcos im Auge. Sein Zustand änderte sich nicht. »Hier gibt es einen Dr. med. vet. Ammann«, tönte es aus dem Hintergrund. Charlottes Vater meldete sich wieder. »Ammann. Hat seine Praxis in der Gegend.«

»Ja genau, der ist es.«

»Wenigstens etwas. Hat wenig Sinn, dass ich ihn anrufe. Du musst ihm ja den Zustand des Pferdes schildern. Also schreib auf. Mobilnummer 0170. . .«

»Moment noch, ich habe nichts zu schreiben.«

»Meine Güte, das darf doch nicht wahr sein. Hast doch Zeit genug gehabt, danach zu suchen.«

Lilly lief in die Futterkammer. Auf dem kleinen überfüllten Regal lagen meistens Notizzettel. Heute nicht. Kein Block, kein Kalender, nicht mal eine Salbenschachtel. Aber ein Kugelschreiber.

»Hast du endlich Papier gefunden?«, blaffte die Anwaltsstimme in ihr Ohr.

Bei dem klingt jedes Wort wie eine Anklage. Ich mache dich darauf aufmerksam, Lilly Beier, dass alles, was du aussagst, gegen dich verwendet werden darf.

Lilly ließ die Kugelschreibermine hervorschnellen.

»Jetzt.«

»Noch einmal. 0170. . .«

Lilly drückte Zahl für Zahl in ihre Handfläche.

Sie hörte gar nicht mehr hin, was für einen Seitenhieb Dr. Jahrsen ihr zum Schluss noch mitgab. Eine Bemerkung, die sinngemäß bedeutete: »Ich wusste es ja. Eine wie du bringt nur Probleme. Bei Charlotte ist so etwas nie passiert.«

Sie wusste ja sowieso, was er ihr damit in Wahrheit sagen wollte: »Ich sorge dafür, dass du Kerstins Pferd nicht mehr reitest.«

Mit dem Handy lief Lilly zurück zu Arcos. Auf der Stallgasse stolperte sie über ihren heruntergerutschten Schulrucksack. Den hatte sie völlig vergessen, die Suche nach Zetteln hätte sie sich vorhin sparen können. Der Rucksack war voll mit Heften.

Vorsichtig zog Lilly die Boxentür auf. Ganz still lag Arcos im Stroh. Nur seinen Kopf wendete er, als sie die Tür öffnete. Ein Blick voller Todesangst traf Lilly, ein Blick der ihr das Herz umdrehte. *Hilf mir doch.*

Wenn ich doch nur wüsste, wie! Arcos, bitte, bitte, halt durch, ich habe genau solche Angst wie du.

Erneut drehte Arcos seinen Kopf nach hinten.

Pferde drehen sich zu der Quelle der Schmerzen um, fiel Lilly ein. Das hatte sie schon fürs Kleine Hufeisen gelernt. Umsehen zum Bauch heißt Kolik ... Koliken können tödlich enden, wenn nicht sofort ein Tierarzt hilft.

Im Türrahmen blieb Lilly stehen, immer einen halben Blick auf Arcos, als sie mit zitternden Fingern die Nummer des Tierarztes eingab. Wie konnte sich Arcos' Zustand so dramatisch schnell verändern? Noch vor einer halben Stunde hatte der Andalusier gesund gewirkt.

Wenn Dr. Ammann nun nicht erreichbar war? Würde Arcos ... nein, daran wollte sie auf keinen Fall denken.

»Bitte, lass ihn da sein«, flüsterte Lilly und blickte durch das Stallfenster in den wolkenverhangenen Himmel hoch. »Bitte lass ihn da sein, bitte.«

Dort oben musste es doch jemand geben, der sich um kranke Pferde sorgte.

»Ammann«, meldete sich eine kräftige Männerstimme im Handy.

Ja!

»Bitte kommen Sie schnell. Wir haben einen Notfall und ich bin ganz allein im Stall, hier am Grüntalhof. Mein Pferd ...«

Lilly konnte nicht weitersprechen. Erneut stiegen ihr die Tränen hoch. Sie riss die Augen auf, legte den Kopf in den Nacken, um über die Heulattacke wegzuatmen. Sie musste es sagen, das Unaussprechliche, sie *musste*, um Dr. Ammann klarzumachen, wie brisant die Situation war.

»Ich habe solche Angst ... dass Arcos stirbt.«

Der Tierarzt reagierte ruhig.

»Schildere mir kurz, was passiert ist.«

Lilly fuhr sich mit der Hand über die Stirn.

»Wenn ich das doch wüsste! Eigentlich war nichts Besonderes. Aber plötzlich konnte Arcos überhaupt nicht mehr laufen. Er scheint schreckliche Schmerzen zu haben. Überall. Als ich ihn in die Box gebracht habe, hat er sich sofort hingelegt. Nein, nicht gelegt, er ist fast hingefallen.«

»Was für ein Pferd ist Arcos? Pony? Großpferd?«

»Großpferd, Warmblut, also genauer gesagt ein spanisches Pferd. Andalusier.« Lilly stieß alles hervor, was ihr zu Arcos einfiel.

»Seit wann hat er die Beschwerden?«

»Kurz nachdem ich anfing zu reiten, ging es los. Da wurde er total steif im Rücken.«

»Ist er unruhig? Guckt er sich andauernd nach seinem Bauch um? Ist er mehrfach aufgesprungen, hat sich wieder hingelegt? Hat er sich gewälzt?«

»Ja, er guckt sich nach hinten um, ich dachte erst, es ist vielleicht eine Kolik. Aber er wälzt sich nicht. Liegt ganz still im Stroh.«

Arcos hatte den Kopf auf den Boden gesenkt, sein Unterkiefer ruhte im Strohbett, als koste das Aufrechthalten zu viel Kraft.

»Wie hat sich das Problem beim Reiten geäußert?«

»Mit einem Mal hat er auf beiden Hinterbeinen zu lahmen angefangen, er ist richtig eingeknickt.«

»Warte eine Sekunde, ich bin im Moment bei mir zu Hause. Ich fahre gerade den PC hoch.«

Plastikklicken im Telefon.

»Wie heißt der Halter?«

»Kerstin Stieger.«

»Danke . . . ach ja, Frau Stieger. Ist schon länger Kunde bei mir. Spanisches Pferd Arcos. Der schöne Andalusier.«

»Ja, richtig.«

»Und wer bist du?«

»Die Reitbeteiligung. Ich erreiche niemanden, hab es schon überall versucht.«

»Gut. Ich komme sofort. Die Anfahrtsgebühr würde ich euch gern ersparen, heute Abend bin ich ohnehin in der Nachbarschaft. Aber so lange kann dein Pferd nicht warten, das ist ein Notfall. Halbe Stunde ungefähr, dann bin ich da.«

»Was soll ich denn bis dahin tun? Soll ich versuchen, ihn zu führen? Wie bei einer Kolik? Aber ich glaube nicht, dass er überhaupt hochkommt.«

»Nein, nicht hochtreiben. Erst müssen wir herausfinden, was ihm fehlt. Räum so viel Stroh wie möglich aus der Box. Wenn er sich nicht rühren mag, arbeite um ihn herum. Dicke Schicht Späne auf den Boden schütten. Falls Futter im Trog liegt, raus damit. Nichts füttern, auch keine Leckerli. Und deck ihn schön warm zu, das ist in dieser Situation wichtig.«

»Ja, mache ich. Bitte, kommen Sie schnell.«

Lilly ließ das Handy in ihren Hosenbund gleiten, hastete in die Sattelkammer und wollte die Tür zum Deckenschrank aufziehen. Abgeschlossen.

Oh nein, das nicht auch noch.

Sie hatte keinen Schlüssel für diesen Schrank. Lilly presste die Arme vor den Bauch. Ihr war schlecht.

Ein Blick hinüber zur Box. Durch die offene Tür beobachtete Lilly, wie Arcos seine Vorderbeine in die Einstreu stemmte, seinen Körper mit großer Anstrengung aus dem Liegen hochwuchtete und dann erschöpft stehen blieb. Immerhin stand er wieder. Aber er schüttelte sich nicht mal die Sägespäne aus der Mähne. Er stand nur da, armselig und frierend.

Eine Welle des Mitgefühls überschwemmte Lilly.

Am liebsten hätte sie ihn auf den Arm genommen.

Wenn das nur ginge bei einem fünfhundert Kilo schweren Pferd.

Sie brauchte etwas Warmes für Arcos. Lillys Blick flog über die hölzernen Holme, auf denen säuberlich Ersatz-Sättel aufgereiht lagen, aber kein einziger mit Decke oder Schabracke.

Kurzerhand zog sie ihre Jacke aus und eilte zur Box, wo Arcos auf derselben Stelle verharrte wie vorhin. Sein Atem ging gepresst und unruhig.

»Gleich wird dir wärmer«, murmelte Lilly und legte ihre graue Schuljacke behutsam über Arcos Hinterteil. Lilly spürte, wie verhärtet sich seine Muskeln anfühlten. Trotz der flüchtigen Berührung zuckte er zusammen.

Wärme war gut. Doch was war schon eine kurze Mädchenjacke für einen ganzen Pferderücken?

Mein Fleece-Pullover, der ist schön lang.

Schon streifte Lilly den leichten Pulli über den Kopf und breitete ihn über den Pferderücken. Die Reitweste noch obenauf. Sie selbst stand nur noch im weißen T-Shirt da und klapperte mit den Zähnen. Hauptsache, Arcos hatte es warm.

Weiter. Die Box musste ausgeräumt werden, hatte Dr. Amman gesagt. Lilly griff zur Schubkarre, hob mit der Mistgabel das Stroh heraus, warf es auf die Stallgasse, vorsichtig, ohne Arcos anzustoßen. Aus den Nachbarboxen reckten einige Pferde die Köpfe und guckten neugierig herüber.

Sie schuftete so, dass sie trotz der Kälte ins Schwitzen kam. Als Lilly fertig war, klebte ihr das nasse dünne Baumwollhemd kalt auf dem Rücken.

Meine Mutter würde zu viel kriegen, wenn sie mich hier sehen könnte.

Aber ihre Jacke gehörte jetzt auf Arcos' Rücken.

Apathisch stand das Pferd vor ihr. Die Maulwinkel zusammengekniffen, seine schwarzen Augen leuchteten nicht mehr. Tiefe Schmerzfalten im Gesicht ließen den schönen Andalusier krank und hinfällig aussehen. Es war schwer, den leidenden Arcos anzuschauen. Aber sie musste stark sein, sie musste ihm jetzt eine Hilfe sein, musste ihm Mut machen.

Wie sprach man mit seinem geliebten Pferd, wenn es krank war?

Da kam Lilly auf eine verrückte Idee: Arcos kommt aus Spanien, schoss es ihr durch den Kopf . . . ich muss spanisch mit ihm reden . . . vertraute Worte muntern ihn sicher auf. Etwas, das er als Fohlen gehört hat.

In ihrer alten Schule hatten sie Spanisch, aber sie war nur ein paar Monate dabei gewesen, bevor sie umzogen. Trotzdem hafteten die ersten Stunden noch in Lillys Gedächtnis.

»Con algo hay que empezar«, flüsterte Lilly. So hieß ihre erste Lektion: Mit etwas muss man anfangen.

»Un cafe y una copa de licor.«

Ein Kaffee und ein Glas Likör.

Wie dämlich. Wenn mich jemand hört!

Weitere Sätze fielen ihr nicht ein. Aber sie musste reden, reden, reden, möglichst auf Spanisch. Arcos sollte spüren, dass sie bei ihm war, seine Lilly, er sollte ihre vertraute Stimme hören und sein vertrautes Spanisch.

»Amigo Arcos«, murmelte sie und danach flüsterte sie alles, was ihr an spanischen Wörtern einfiel. »Buenos dias« und »Señor« und »por favor« und »el aeropuerto« und immer wieder »Amigo Arcos«.

Als sie nichts mehr zu sagen wusste, fing Lilly zu singen an.

»Weißt du, wie viel Sternlein stehen . . .«

Das Lied hatte ihre Mutter zuletzt für sie gesungen, als sie mit acht grippekrank im Bett lag.

Arcos reagierte nicht, aber Lilly sang weiter, viel zu hoch, viel zu schnell.

»Gott der Herr hat sie gezählet, dass ihm auch nicht eines fehlet . . .«

War da nicht ein schwacher Blick von Arcos? Ein Zeichen, dass er sie wahrnahm?

»Kennt auch dich . . .«

Mit Mühe schielte Arcos erneut zu ihr herüber, zu seinem Lieblingsmenschen, der da frierend vor ihm stand und mit zitternder Stimme sang.

Wie würde das alles enden? Wenn Arcos gesund war? Würde er überhaupt gesund werden?

Da meldete sie sich wieder, diese verhasste innere Stimme, die das Geschehene drehte und wendete und hämisch flüsterte: *Deine Reitbeteiligung ist weg. Definitiv.*

Lilly wollte das nicht hören, aber die höhnische Stimme schwieg nicht, zog sie herunter. Lilly versuchte, den Gedanken zu fassen und zu zerquetschen, aber es gelang ihr nicht.

Wenn sie Arcos nur fest anschaute, dann musste ihre Angst doch eigentlich verschwinden. Aber nein, es war wie verhext . . . Arcos' schöner Kopf verwandelte sich in ein blasses rundes Gesicht mit unerbittlichem Blick, mit kalten Vogelaugen ... Dr. Jahrsen ... seine dünnen Lippen öffneten sich nur zu einem Wort: »Schuldig.«

Bisher hatte niemand sie angeklagt. Nur Dr. Jahrsen, das ahnte Lily, der hatte längst sein Urteil gesprochen, noch bevor der Tierarzt da gewesen war: »schuldig.« Noch bevor feststand, woher Arcos' Schmerzen rührten: »schuldig.« Wer vom Beifußweg kam, hatte immer Schuld. Charlottes Vater brauchte den Fall nicht näher zu prüfen.

Arcos schwitzte und fror jetzt zugleich. Dunkle Flecken verfärbten sein Fell. Seine Brust bebte. Nass klebte die lange weiße Mähne am Hals. Keine Spur mehr von der alten, lockeren Haarpracht. Das Pferd zitterte, aber nur vorn, seine Schultern, der Nacken. Das Hinterteil dagegen wirkte wie gelähmt.

Lilly bibberte am ganzen Körper. Ihr war schrecklich kalt in dem dünnen T-Shirt ohne Jacke und Pullover. Sie musste sich auf die Unterlippe beißen, damit ihre Zähne nicht aufeinanderschlugen.

Aber es war nicht nur die Kälte, die ihr zusetzte, sondern auch beklemmende Angst, ja die Gewissheit, dass man ihr Arcos nehmen würde. Dass man ihr verbieten würde, Arcos künftig zu sehen nach diesem unerklärlichen, verhängnisvollen Vorfall.

Lilly schaute auf die Uhr über der Tür zur Sattelkammer. In zehn Minuten musste Dr. Amman eintreffen. Endlose Minuten. Sie durfte nicht aufhören, mit Arcos zu reden.

»Leise rieselt der Schnee«, sang Lilly tapfer. Es war kurz vor Ostern, draußen blühten die ersten Krokusse, aber ihr fiel nichts anders ein als ein Weihnachtslied.

Sie schlang die Arme um ihre Schultern und schlug sich warm. Wie gern hätte sie die Arme um Arcos Hals gelegt, ihre Hände unter seiner dichten Mähne gewärmt. Aber Lilly traute sich nicht, ihn anzufassen, nicht mal ganz vorsichtig. Jede Berührung schien ihm Schmerzen zu bereiten.

11.

Wie lang zehn Minuten sein können, wenn man wartet.

Wie zehn Stunden fühlen sie sich an. Wie zehn Tage. Zehn Jahre.

Lilly hatte das Gefühl für die Uhrzeit verloren, nur der Minutenzeiger machte ihr klar, wie zäh die Zeit verrann. Ihr Kopf ging ständig zwischen Arcos und der offenen Hoftür hin und her.

Endlich tat sich etwas. Die Pferde bemerkten es eher als Lilly, denn ein Dutzend Köpfe drehte sich gleichzeitig zum hinteren Eingang. Dr. Ammann? Lilly hatte keinen Wagen kommen hören, aber das war kein Wunder, draußen kreischte erneut die Motorsäge, die jedes Geräusch überdeckte.

Da bog auch schon eine kräftige Gestalt in die Stallgasse ein, im Gegenlicht, den linken Arm von sich gestreckt, um das Gewicht der Tasche in der Rechten auszugleichen.

Lilly stieß einen erleichterten Seufzer aus und eilte dem Mann entgegen. Das konnte nur Dr. Ammann sein. Er war mittelgroß, ungefähr Ende vierzig, mit dichtem braunem Igelhaar.

Sie hatte den Tierarzt vorher noch nie gesehen und fand ihn auf Anhieb sympathisch. Schon deswegen, weil er hoffentlich Arcos' Schmerzen lindern konnte.

»Ammann«, stellte der Tierarzt sich vor, als sie vor den mittleren Boxen zusammentrafen. »Haben wir vorhin telefoniert?«

Lilly nickte.

»Wo finde ich den Patienten?«

»Ganz oben. Wo die Tür halb offen steht.«

»Oh ja, krankes Pferd«, sagt Dr. Ammann spontan, als er einen Blick in die Box warf. »Man sieht ihm an, dass es starke Schmerzen hat.«

Arcos verdrehte den Kopf etwas, als der Tierarzt seine Tasche an der Boxenwand abstellte, bewegte seinen Körper jedoch keinen Zentimeter. Aber seine Augen nahmen einen noch furchtsameren Ausdruck an und er hob die Nase, als Dr. Ammann Jacke, Weste und Pulli vom Rücken wegnahm.

»Hast du gut gemacht mit deiner Kleidung«, lobte der Tierarzt, »aber jetzt zieh dir die Sachen schnell wieder über. Du holst dir ja eine Erkältung. Zwei Kranke brauchen wir nicht. Ich habe eine Pferdedecke im Wagen. Kannst du bis morgen haben.«

Lilly schlüpfte in ihre Jacke, die der Tierarzt ihr durch die Tür reichte. Der Stoff strömte Arcos' vertrauten feinen Geruch aus. Wärme hüllte Lilly ein, *seine* Wärme.

Dr. Ammann neigte ein Ohr zum Pferdebauch und horchte. Dann holte er ein Stethoskop aus der Arzttasche und untersuchte Arcos. Er schüttelte den Kopf.

»Kolik ist das nicht.«

Behutsam fuhr der Tierarzt mit den Händen über Arcos Rücken, und nachdem das Pferd sofort zusammenzuckte, schwebten Ammanns Finger nahezu über die Kruppe.

»Lendenbereich und Kreuz sind deutlich schmerzhaft«, sagte er. »Seine Muskeln sind bretthart und leicht geschwollen. Hat er etwas Vergleichbares schon einmal gehabt?«

Lilly schüttelte den Kopf.

»Zumindest hat Kerstin das nie erwähnt.«

Dr. Ammann erkundigte sich weiter nach Arcos' Vorgeschichte, nach seinen Krankheiten, auch nach der Reitweise. Lilly berichtete ihm, was sie wusste. Als sie fertig war, nahm der Tierarzt Arcos' Blut für das Labor ab.

»Was ist denn mit ihm?«, fragte Lilly leise.

»Bis jetzt habe ich nur einen Verdacht.« Dr. Ammann verschloss das Probengefäß sorgfältig und schob es in ein kleines Fach seiner Arzttasche. »Ich muss erst die Laborwerte sehen und einiges abklären. Das Blut wird schnellstens untersucht. Heute Abend ist das Ergebnis da.«

»Heute Abend? So lange dauert das? Das hält Arcos doch nicht aus.«

»Keine Sorge, Mädchen. Ich gebe ihm etwas gegen die Schmerzen und Entzündungshemmer. In ein paar Stunden sehen wir weiter. Bis dahin darf er nichts fressen außer ein bisschen Heu, hörst du? Und der Rücken muss warm gehalten werden. Ich hole die Decke aus dem Auto.«

Nachdem Arcos in die blaue Decke gehüllt war, wandte sich Dr. Ammann zum Gehen.

»Ab neunzehn Uhr weiß ich mehr. Deine Handy-Nummer habe ich ja. Entweder rufe ich bei dir an oder ihr versucht es bei mir. Du oder die Eigentümerin von Arcos.«

»Ich möchte so gern etwas tun für ihn. Soll ich Arcos in der Halle führen?«

»Auf keinen Fall! Er würde auch gar nicht mitgehen. Lass ihn einfach warm eingepackt stehen und pass auf, dass niemand zu ihm hineingeht und ihn aufregt. Und sag Herrn Tillner Bescheid, wenn du gehst. Er soll hin und wieder ein Auge auf das Pferd werfen, falls sich sein Zustand verschlimmert.«

Seit Dr. Ammann vor einer halben Stunde gegangen war, hockte Lilly mit eingeschlafenen Beinen auf ihrem Putzkasten vor Arcos' Box und beobachtete das Pferd, das jedoch nie länger als einen Wimpernschlag zu ihr herüberschaute.

Arcos' Blick erreichte sie nicht mehr. Das Pferd hatte sich ganz in sich selbst zurückgezogen, blickte nach innen, als rätselte es, warum es diese plötzlichen Schmerzen ertragen musste. Als suchte es nach einer Erklärung für den ungewohnten Tagesablauf und für den Tierarzt mit der Spritze.

Lilly spürte: Sie musste Arcos jetzt in Ruhe lassen, genau wie Dr. Amman geraten hatte. Der Andalusier wollte sich mit sich selbst beschäftigen, bis das Schmerzmittel wirkte.

Noch immer war Lilly allein im Stall. Zweimal hatte sie probiert, Charlotte zu erreichen, doch nun signalisierte das Akku-Symbol im Handy, dass bald Schluss mit dem Saft war. Sie durfte nicht mehr telefonieren, sonst erreichte Dr. Ammann sie am Ende nicht.

Im vorderen Stall tat sich etwas. Lilly sprang auf, als ungeduldig an der Klinke geruckelt wurde. Es rumste und jemand warf sich gegen die klemmende Tür. Das klang nach Charlotte.

Dann stürzte sie auch schon mit hochrotem Gesicht auf die Stallgasse.

»Mein armer Schatz«, rief sie, während sie ungeduldig ihren Geigenrucksack vom Rücken zerrte. Achtlos ließ sie das Instrument auf den Boden gleiten und lief zu Arcos. Lilly folgte ihr.

»Halt, Charlotte! Nicht reingehen. Der Tierarzt meint, wir sollten Arcos völlig in Ruhe lassen.«

Sie blieb in der aufgerissenen Boxentür stehen. Arcos verspannte sich noch mehr, als Charlotte ihn spontan umarmte, und zog sich abwehrend zusammen. Erschrocken ließ sie das Pferd los.

»Also war Dr. Ammann da?«, fragte Charlotte. Sie sah unglücklich aus, als sie die Box verließ. Ihre Stimme klang ungewohnt hart und fremd, als sie sagte: »Was ist los mit meinem Schatz?«

Lilly fühlte sich plötzlich unsicher. So überdeutlich wie Charlotte »mein Schatz« betonte, schien sie wahnsinnig wütend zu sein.

»Mein Vater hat mich bei meinem Geigenlehrer angerufen«, sagte Charlotte, ohne Lilly anzusehen. »Gerade als ich nach Hause fahren wollte. Logisch habe ich sofort den Bus zum Stall genommen. Hat leider ziemlich gedauert.«

Sie zeigte auf die Decke, die Arcos' Rücken einhüllte.

»Wem gehört das blaue Teil?«

»Dem Tierarzt. Arcos soll unbedingt warm eingepackt werden. Ich hatte keinen Schlüssel für den Deckenschrank.«

Charlotte grunzte etwas Unverständliches, verschwand in der Sattelkammer und kehrte mit ihrer roten Pferdedecke zurück, die sie schweigend gegen die blaue austauschte. Als Lilly mit anfassen wollte, riss Charlotte ihr die Decke aus der Hand und herrschte sie an: »Da kann ich allein.«

Lilly zuckte zurück. Sie verstand ja, dass Charlotte wegen Arcos' Zustand aufgeregt war, sowieso war Charlotte immer schnell auf hundertachtzig, aber sie selber hatte doch genauso viel Angst um Arcos. Warum benahm sie sich jetzt ihr gegenüber so unfair? Gab Charlotte ihr etwa die Schuld an Arcos' Krankheit? Stand sie doch weit mehr unter dem Einfluss ihres Vaters, als sie selber wahrhaben wollte? Sicher hatte Dr. Jahrsen ihr gegenüber die Sache so dargestellt, als ob Lilly für alles verantwortlich war.

Spannung lag in der Luft. Nachdem Lilly Charlotte über den Tierarztbesuch informiert hatte, herrschte lange Zeit Stille. Wie Fremde kauerten sie nebeneinander auf der schmalen Fliesenbank am Waschplatz, die Arcos' Box gegenüberlag.

Ab und zu linste Lilly scheu zur Seite, zu Charlotte, die mit zusammengepressten Lippen schweigend vor sich hin starrte. Was für eine kühle Unnahbarkeit sie ausstrahlte. Ihre sonst so strahlenden himmelblauen Augen waren dunkel geworden.

Plötzlich brach es aus Charlotte heraus: »Du hast ihn kaputt gemacht.«

Lilly fuhr herum. Hatte sie richtig gehört?

»Ich habe ihn doch kaum geritten! Nicht mal eine Runde, da hat Arcos schon zu lahmen angefangen und ist mit der Hinterhand eingeknickt.«

»Trotzdem! Bei mir hat er nie gelahmt.«

»Glaub mir doch Charlotte«, protestierte Lilly, »ich habe ihn genauso behandelt wie immer.«

Aus dem Augenwinkel beobachtete sie, wie Arcos beim ersten lauten Wort seiner Freundinnen mit den Ohren zuckte. Sie durften jetzt nicht herumzicken. Zusätzliche Aufregung war Gift für Arcos.

»Komisch nur, dass früher nie so etwas passiert ist«, fuhr Charlotte hitzig fort. »Nie! Die ganze Zeit nicht, als Kerstin und ich Arcos allein geritten haben.«

Sie nickte heftig, als wollte sie sich innerlich stärken, sich selbst überzeugen, dass sie recht hatte mit ihren nachfolgenden Worten.

»Vielleicht bist du doch überfordert mit so einem Pferd. Ehrlich, Lilly – ist doch seltsam, kaum reitest du Arcos ein paar Wochen, da wird er urplötzlich so krank.«

Lilly war wie vor den Kopf geschlagen. Dass Dr. Jahrsen ihr die Schuld gab, war ihr die ganze Zeit klar gewesen – aber jetzt auch Charlotte? Warum diese Unterstellung? Saß ihr der Schock über Arcos' jämmerliches Aussehen so heftig in den Gliedern, dass sie einfach mit Worten um sich schlug? Oder glaubte sie wirklich, was sie da sagte? Was hatte ihr Vater ihr erzählt?

Als hätte Charlotte die Gedanken von Lillys Stirn abgelesen, sagte sie: »Ich höre ja sonst nicht auf meinen Vater, aber in einem hat er recht: Du hast einfach keine Erfahrung mit wertvollen Pferden.«

»Aber . . . ich habe Trakehner geritten, und das sind auch sensible Pferde. Außerdem ist der Wert egal, wenn es um Krankheiten geht. Ich kann doch . . .«

Charlotte schnitt Lilly das Wort ab.

»Mein Vater sagt ja nicht, dass du Arcos mit Absicht krank gemacht hast. Er glaubt, du hast einen Fehler beim Reiten gemacht, den du jetzt nicht zugeben willst. Jemand aus dem Beifußweg . . .«

»Was?«, flüsterte Lilly. So demütigend hatte Charlotte noch nie mit ihr gesprochen.

»Himmel, Lilly, ich will deine Siedlung nicht miesmachen, ich wiederhole nur, was Papa gesagt hat . . . er denkt, wer aus einem Problemviertel stammt, hat nicht gelernt, Verantwortung zu übernehmen. Bei euch gibt man keine Fehler zu, sagt er, man hält nichts von Pflichten. Da mogelt man sich irgendwie durchs Leben.«

In Lillys Gedanken blitzte Vitalis Warnung auf. »Sag nie, dass du vom Beifußweg kommst, sonst hast du gleich verloren.«

Lilly senkte den Kopf. Die erste schwierige Situation mit Arcos – und man drehte ihr einen Strick daraus, dass sie im falschen Stadtteil wohnte. Es war so ungerecht. Wenn sie in einem besseren Viertel leben würde, an der Elbe oder an der Alster, hätte Dr. Jahrsen bestimmt nicht an ihrem Pflichtbewusstsein gezweifelt.

Wenn sie nun auch Charlotte gegen sich hatte, konnte sie die Hoffnung endgültig begraben, Arcos als Reitbeteiligung zu behalten. Vielleicht würde man ihr sogar verbieten, ihn zu besuchen. Im Moment schien ihr alles möglich.

Lilly war froh, als die ersten Reiter erschienen und das dumpfe Schweigen ein Ende hatte. Am späten Nachmittag erschien auch Stallbesitzer Tillner. Lilly fing ihn sofort ab und zeigte ihm Arcos, der sich immer noch kaum rühren mochte.

»Haben Sie keine Ahnung, was für eine Krankheit das sein könnte, Herr Tillner?«

Der Stallbesitzer zuckte die Schultern.

»Frag mich nach Kühen, da weiß ich Bescheid. Die üblichen Pferdekrankheiten kenne ich auch, aber solche Sonderfälle?« Mit gerunzelter Stirn betrachtete er den stillen Andalusier hinter den Boxenstäben.

»Wenn Dr. Ammann hier war, müsst ihr euch keine Sorgen machen, der hat Ahnung von Großtieren. Ich kenne den Doc zwanzig Jahre, noch von meinem Rinderbestand. Fahrt ruhig nach Hause, ich nehme das Gespräch vom Tierarzt an.«

»Nein, besten Dank.« Lilly schüttelte den Kopf. »Ich bleibe hier, bis er anruft.«

»Ich auch«, sagte Charlotte mit verkniffenen Lippen.

»Gut, kann ich verstehen. Aber dann sucht euch Arbeit. Bewegung ist gut gegen Sorgen – und Stress habt ihr beide, wenn ich euch so angucke.«

Herr Tillner schickte sie auf den Dachboden. Lilly und Charlotte stapelten verrutschte Heuballen neu, sie fegten den Staub von bröckelnden Halmen auf, säuberten Balken und Dachfenster von alten Spinnweben. Jede in einer anderen Ecke, um nicht miteinander reden zu müssen. Das erste Mal, seit sie sich kannten, gingen sie sich aus dem Weg.

Beide wischten sich bei der Arbeit verstohlen über die Gesichter, wenn die andere nicht hinguckte, und als sie die Leiter in den Stall hinabstiegen, hatten beide verquollene Augen.

Unten nahmen sie sich Arcos' Sättel vor, Lilly den Dressursattel und Charlotte den Vielseitigkeitssattel. Mit roten Augen saßen sie zwischen anderen Pflegemädchen auf der Bank am Waschplatz und rieben Sattelseife in das Leder. Verbissen putzten und fetteten und polierten sie die Einzelteile, als hinge ihr Leben davon ab.

Arcos schien es mittlerweile etwas besser zu gehen. Offensichtlich wirkte das Schmerzmittel. Ab und zu knabberte er sogar schon an dem kleinen Heuhaufen, den Herr Tillner ihm in der Box aufgehäufelt hatte.

Lilly fiel ein Stein vom Herzen, als sie Arcos fressen sah. War das nicht ein Zeichen, dass er sich wohler fühlte? Normalerweise wäre sie Charlotte deswegen vor Freude um den Hals gefallen, aber heute scheute sie sich, ihre Mitschülerin auch nur anzusprechen. Nichts war mehr wie vorher.

Endlich ertönte eine scheppernde Türschelle – Lillys Klingelton. Die Reitermädchen auf den Bänken zuckten zusammen. Hastig legte Lilly den Sattel ab und fingerte ihr Handy aus der Tasche. Ihr Herz hämmerte, als sie es ans Ohr presste.

»Dr. Ammann?«

»Lilly von Arcos?«

»Jaja. Wissen Sie schon mehr, Herr Ammann?«

Charlotte umklammerte Lillys Arm, aber sie entzog ihn ihr.

»Ja, ich habe die Ergebnisse aus dem Labor. Akuter Kreuzverschlag, wie ich bereits vermutet hatte. Im Einzelnen kann ich dir die Werte jetzt nicht nennen, ich telefoniere aus dem Auto.«

Lilly sprang auf und ging ein Stück die Stallgasse hinunter, wo keine neugierigen Augen sie anstarrten. Kreuzverschlag klang bedrohlich. Gehört hatte sie den Begriff schon, aber im Moment konnte sie nichts damit anfangen.

Lilly fühlte, dass jemand ihr wie ein Schatten folgte, und linste über die Schulter. Natürlich Charlotte.

»Was sagt er?«, flüsterte sie unruhig. Sie standen in der Ecke des Ganges vor zwei großen Rundballen Stroh, hier ging es nicht weiter. Lilly heftete die Augen auf den Boden.

»Kreuzverschlag«, wiederholte Lilly halb laut.

»Wieso bekommt Arcos denn Kreuzverschlag?«, fragte Lilly den Tierarzt. »War ich . . . ich meine . . . habe ich etwas falsch gemacht?«

»Sagen wir so«, hörte sie Dr. Ammann sagen, »auf jeden Fall

ist etwas *falsch gelaufen*. So ein akuter Kreuzverschlag wie bei Arcos überfällt kein Pferd aus heiterem Himmel. So etwas entsteht, wenn ein Pferd nach einigen Ruhetagen bei zu reichlicher Fütterung wieder arbeiten soll. Wenn man Kraftfutter an Stehtagen nicht radikal verringert, kann das so dramatisch enden.«

Verständnislos starrte Lilly das Handy an.

»Daher sollen seine Schmerzen kommen?« Sie sah Charlotte an und verzog fragend das Gesicht. »Echt? Schmerzen durch das Futter?«

»Ja, genauer gesagt durch *Kraftfutter*. Akuter Kreuzverschlag ist eine komplizierte Erkrankung der Muskulatur. Man nennt sie Feiertagskrankheit, weil Kreuzverschlag meist nach Ruhetagen ausbricht. Oft trifft es gut trainierte Pferde, die ausnahmsweise wenig bewegt werden, aber trotzdem die übliche Menge Hafer bekommen.«

Lilly hörte durchs Telefon, wie Dr. Ammanns Wagen abbremste und eine Autotür klappte.

»Das Drama entsteht erst *nach* den Ruhetagen, wenn man das überfütterte Pferd zum ersten Mal reitet«, erklärte der Tierarzt. »Dann entsteht im Kreuz ein äußerst schmerzhafter Hexenschuss, besonders bei feuchtkühlem Wetter.«

»Wie bei Menschen?«

»Ungefähr so. Aber bei Pferden ist ein Hexenschuss viel schlimmer, weil dabei große Mengen Muskelzellen zerstört werden. Je schneller ein Tierarzt den Muskelzerfall stoppt, umso besser. Je länger man wartet, desto gefährlicher wird es. Man kann sagen: kleine Ursache mit fatalen Folgen.«

»Aber . . . aber er wird doch wieder gesund?«

»Ja, und das wird bei Arcos relativ rasch gehen. Aber nur,

weil du mich sofort gerufen hast. Ich behandle das Pferd noch zwei bis drei Tage intensiv, dann ist die schlimmste Phase vorüber. Ungefähr vier Wochen muss Arcos extrem geschont werden.«

Lilly schloss die Augen. Siedend heiß überfiel sie eine Frage: Was wäre passiert, wenn sie Arcos heimlich zurück in die Box gestellt hätte, wie sie es kurz überlegt hatte? Wenn sie davongeschlichen wäre und erst zwei Stunden später Hilfe geholt hätte?

»Und wenn man Arcos' Krankheit erst nachmittags entdeckt hätte oder am Abend?«

»Tja, dann wäre die Sache wohl schlimmer ausgegangen. Bei Kreuzverschlag zählt jede Stunde, weil unaufhörlich mehr Muskeln zerstört werden. Das kann so weit gehen, dass die Nieren versagen und das Pferd in höchste Lebensgefahr gerät.«

Lilly atmete tief durch. Gott sei Dank hatte sie das Richtige getan.

»Aber eins verstehe ich nicht«, sagte Lilly ins Handy. »Arcos hatte überhaupt keinen Ruhetag. Er ist jeden Tag normal geritten worden. Freitag, Samstag, Sonntag.«

»Er hatte keinen Ruhetag?«, wiederholte Dr. Ammann überrascht. »Das kann ich mir nicht vorstellen. Du hast ihn wirklich geritten?«

»Nicht ich. Die andere Reitbeteiligung. Moment, ich frage Charlotte sicherheitshalber, sie steht neben mir.«

Lilly schirmte das Gerät mit der Handfläche ab. »Stimmt doch Charlotte, du hattest Wochenenddienst, oder?«

Charlotte wich Lillys Blick aus und nickte.

»Ja, wieso? Was hat das mit Arcos' Krankheit zu tun?«

Lilly winkte ab. »Erkläre ich dir später.«

Dr. Ammann wollte wissen: »Wie ging es Arcos, als du heute den Grüntalhof verlassen hast?«

»Den Hof verlassen? Ich bin immer noch im Stall. Ich gehe doch nicht nach Hause, bevor ich weiß, was Arcos fehlt.«

Einen Augenblick herrschte Pause im Telefon.

»Oh, sehr anständig von dir. Melde mich gleich wieder.«

Kurz darauf ertönte die dunkle Tierarztstimme am Eingang. »Die Situation hast du professionell gemeistert, Mädchen.«

Überrascht schoss Lilly herum.

»Dr. Ammann!«

Mit seiner grauen Arzttasche in der Hand schritt er durch die Stallgasse auf die beiden zu.

»Ich muss gleich zum Impfen in einen Stall in der Nähe.« Er streckte Charlotte die Hand hin.

»Du bist also die andere Reitbeteiligung von Arcos? Und hast den Wallach am Wochenende anständig bewegt?«

Verlegen schob Charlotte ihren lila Haarreifen hin und her. Lilly sah ihr an, dass ihr unbehaglich zumute war.

Dr. Amman lehnte sich gegen eine Box und musterte Charlotte, bis sie den Blick senkte.

»Hmmm«, murmelte sie.

»Das glaube ich dir nicht«, sagte er Charlotte auf den Kopf zu. »Bei normaler Bewegung hätte Arcos heute beim Reiten nicht diese massiven Muskelprobleme bekommen.«

Lilly blickte erstaunt auf Charlotte, die rot anlief und plötzlich zu stottern anfing.

»Wieso denn?«, begehrte sie auf. »Ein Pferd kann doch auch mal stehen. Als Arcos letzten November die Bissverletzung am

Rücken hatte, stand er eine ganze Woche in der Box und es ist nichts passiert.«

Dr. Ammann seufzte.

»Ja, aber damals wusste Herr Tillner Bescheid und hat Arcos das Kraftfutter gestrichen. Pferde sind wahnsinnig heikel, was das Futter angeht. Sag die Wahrheit, Mädchen. Keiner macht dir einen Vorwurf.«

Charlotte streifte Lilly mit einem unruhigen Blick.

»Komm schon«, drängte Dr. Ammann. Er schaute auf seine Uhr am Handgelenk. »Ich muss es wissen, im Interesse von Arcos. Hast du ihn geritten oder nicht?«

Langsam schüttelte Charlotte den Kopf.

»Also nicht«, stellte Dr. Amman nüchtern fest. »Das passt zu meiner Diagnose. Sicher hast du Herrn Tillner auch nicht erzählt, dass du ein paar Tage wegbleibst?«

Wieder schüttelte Charlotte den Kopf. Der Tierarzt stieß einen Seufzer aus.

»Also hat er Arcos reichlich Hafer gegeben, wie immer. Und deine Freundin bekam heute die Quittung.«

»Mann! Ich will halt auch mal was anderes machen als reiten und lernen«, brach es unvermittelt aus Charlotte heraus. »Ich schaffe das nicht alles, was mein Vater will. Reiten und Geige und Hockey. Und Abi in zwölf Jahren. Der hat ja keine Ahnung, was das für ein Druck ist.«

Sie schlug die Hände vors Gesicht und ließ sich vor Arcos' Box auf die Stallgasse sinken. »Wir sind am Wochenende das erste Mal mit der Band aufgetreten, auf zwei Partys, da musste ich doch mit. Lilly, du weißt, wie wichtig mir das ist. Schlagzeuger kann man nicht ersetzen.«

Lilly war vollkommen perplex. Mit so einer Wendung hatte sie nicht gerechnet. Sie spürte, wie ihr eine ungeheure Last von der Seele fiel – sie musste sich selber keinen Vorwurf machen! Und auch Charlottes Vater konnte sie nicht für Arcos' Krankheit verantwortlich machen! Plötzlich fiel es Lilly ganz leicht, die letzten Stunden zu vergessen, alles, was sich an Ärger, Groll und ohnmächtiger Wut in ihr aufgestaut hatte. Sie fühlte nur noch Mitleid für Charlotte. Am liebsten hätte Lilly sie umarmt, aber davon hielt sie eine gewisse Scheu zurück. So trat sie nur leise hinter Charlotte und legte ihr die Hände auf die Schultern.

»Warum hast du mich denn nicht angerufen? Ich wäre doch sofort eingesprungen beim Reiten. Ich weiß doch, wie dein Vater ist.«

»Mann, Lilly! Ich wollte dich da nicht reinziehen. Du mit deinem Fieber! Niemals hätte deine Mutter dich aus dem Haus gelassen.«

Irritiert blickte der Tierarzt auf Charlotte, die noch immer vor seinen Füßen kauerte.

»Hättest du denn nicht mit deinen Eltern reden können? Es gibt doch für alles einen Ausweg.«

Charlotte schlang die Arme um ihre Knie und schluchzte zornig in sich hinein.

»Sie kennen meinen Vater nicht. Er ist das Gesetz. Er hat die Macht. Nie im Leben hätte er mich zu den Partys ziehen lassen. Der weiß nicht mal, dass ich Schlagzeug spiele. Und nun bin ich schuld an Arcos' Krankheit. Und Lilly hab ich auch fertiggemacht.«

Tränen liefen über Charlottes Gesicht. Andere Reiter blickten peinlich berührt hinüber und wandten sich gleich wieder ab.

Dr. Ammann streckte die Hand aus und half Charlotte vom Boden hoch.

»Niemand klagt dich an.« Er klopfte ihr auf die Schulter. »Du bist nicht die einzige Reiterin, die keinen Kreuzverschlag kennt.«

Er zog seine blaue Decke von der Halterung an der Tür und faltete sie über den Arm.

»Ich muss los. Morgen sehe ich wieder nach unserem Patienten. Ich gebe Herrn Tillner noch Anweisungen für die Fütterung. Kraftfutter ist für die nächste Zeit gestrichen. Erst mal bekommt Arcos nur Heu, Leckstein, ein paar Möhren.«

Er zog die Boxentür auf und Arcos blinzelte ihn argwöhnisch an.

»Schon gut, Sportsfreund, ich verschwinde gleich wieder.« Fachmännisch betastete Dr. Amman Arcos' Rücken und die Kruppe. Unter seinen Händen zog sich das Pferd sofort zusammen.

»Verhärtet ist die Muskulatur natürlich immer noch. Na, so rasant geht das nicht weg.«

Der Tierarzt strich Arcos kurz über die Mähne, bevor er die Box verließ. »Aber sein Gesichtsausdruck gefällt mir erheblich besser als heute Nachmittag.«

»Mir auch«, sagten Lilly und Charlotte wie aus einem Mund. In dem Moment klingelte Lillys Handy und sie erblasste, als auf dem Display der Name »Kerstin« leuchtete.

Ob sie weiterreiten durfte oder nicht, würde sich in den nächsten Minuten entscheiden,

»Arcos' Besitzerin«, sagte Lilly nervös. In einem plötzlichen Impuls streckte sie Dr. Ammann das Handy entgegen. »Würden Sie vielleicht . . .«

»Ehrensache.« Dr. Ammann griff nach dem Telefon. »Frau Stieger? Tierarzt Ammann hier. Ich stehe gerade vor Ihrem Andalusier. Sie können sich zu Ihrer Reitbeteiligung beglückwünschen. Ja, Lilly heißt sie . . .«

Und dann lobte er Lilly in den höchsten Tönen, wie umsichtig sie gehandelt hätte und wie verantwortungsbewusst, bis Lillys blasses Gesicht sich vor Freude feuerrot gefärbt hatte.

Die ganze Zeit stand Charlotte neben ihr und drückte ihre Hand, als wollte sie sie zu Brei zerquetschen. Sie sagte nichts, kein direktes Wort der Entschuldigung kam über ihre Lippen, aber Lilly fand, dass rot gequetschte Finger als Bitte um Verzeihung durchgingen.

12.

Der Gong über der Tür schlug zweimal nacheinander an und tönte durch die Wohnung am Beifußweg.

Lilly hob ihren Kopf vom Schulheft. Klang, als hätte es jemand eilig. Gerade saß sie bei der letzten Matheaufgabe, danach wollte sie sofort los zum Grüntalhof. Nach dem gestrigen dramatischen Montag mit Arcos saß ihr immer noch der Schreck in den Gliedern.

Sie horchte, ob ihre Mutter öffnete. Nein. Zog sich wohl gerade um. Unwillig schob Lilly den Schreibtischstuhl nach hinten und lief zur Tür. Todsicher hatten Tim und Felix ihre Schlüssel vergessen.

»Na, ihr Räuber?«

Mit einem Ruck riss Lilly die Tür zum Treppenhaus auf.

»Oh, sorry . . . hallo«, sagte sie.

Im engen Flur stand jemand, mit dem sie niemals gerechnet hatte: Dr. Jahrsen. Hinter seinem grauen Anzug verkroch sich Charlotte, die heimlich versuchte, Lilly Handzeichen zu geben.

Sofort kehrte das Angstgefühl von gestern zurück. Das lähmende Entsetzen, das Lilly beim Warten auf den Tierarzt überfallen hatte. Rechtsanwalt Jahrsen am Beifußweg? Das verhieß nichts Gutes. Unsicher sah sie zwischen den beiden Besuchern hin und her.

»Gibt es etwas Neues von Arcos?«, fragte Lilly und suchte am grauen Anzug vorbei Charlottes Blick. »Es geht ihm doch nicht wieder schlechter?«

»Nein, viel besser«, antwortete Charlotte. »Vorhin habe ich mit Herrn Tillner telefoniert.«

»Guten Tag«, sagte Dr. Jahrsen förmlich. »Lässt du uns herein?«

»Oh ja, sicher.«

Arcos ging es besser! Das war die Hauptsache! Aber warum tauchte Charlottes Vater bei ihnen auf? Ging es um die Tierarztrechnung? Oder hatte er seine Kollegin Kerstin Stieger doch noch überzeugt, sich lieber eine andere Reitbeteiligung zu suchen? Lilly war verwirrt.

Kerstin hat gestern doch gesagt, sie findet es enorm, wie schnell ich gehandelt habe. Dass ich Dr. Ammann auf eigene Faust bestellt habe. Hat sie ihre Meinung geändert?

Umständlich trat Charlottes Vater an Lilly vorbei in die Wohnung. Lilly bemerkte seinen erstaunten Blick, als er die Liste mit Lillys zahlreichen Pflichten wahrnahm, die neu geschrieben am Sicherungskasten hing. Er blieb davor stehen, schob seine Brille zurück und studierte die zehn Punkte.

Da tauchte auch schon Lillys Mutter auf, die eben von der Arbeit heimgekehrt war. Als sie die Besucher sah, fuhr sie sich rasch mit den Händen durchs Haar und ordnete den blonden Pferdeschwanz.

»Ach Charlotte, du bist es. Wen hast du uns denn mitgebracht?«

»Jahrsen.«

Spröde, wie es seine Art war, und mit einer angedeuteten

Verbeugung, stellte der Anwalt sich vor. Knapper Händedruck. »Ich bin Charlottes Vater.«

Als sie den Namen hörte, wechselte ihre Mutter einen beunruhigten Blick mit Lilly und zupfte am Kragen ihrer Bluse.

»Hat meine Tochter etwas angestellt?«, fragte sie.

»Nein, *Ihre* Tochter nicht, aber meine.«

Lilly riss die Augen weit auf, um Charlotte zu demonstrieren, dass sie keine Ahnung hatte, was vorging. Hatte sie ihrem Vater etwa alles gebeichtet? Dass sie Schlagzeug gespielt hatte, statt Arcos zu reiten?

Mit einer Handbewegung wies Frau Beier auf das rote Sofa im Wohnzimmer. Bevor er sich setzte, blieb Dr. Jahrsen einen Moment stehen und sah über den mit Primeln geschmückten Balkon hinweg nach draußen.

»Ich staune, wie positiv dieses Viertel von innen wirkt. Bin wirklich angenehm überrascht.«

»Man wohnt hier ganz gut, trotz der großen Kästen«, sagte Frau Beier. »Für uns war die Siedlung fürs Erste eine praktische Lösung. Erschwingliche Wohnung mit ausreichend Platz. Kaffee?«

Einladend hob sie die silberne Isokanne, und als Dr. Jahrsen nickte, holte sie eine zweite Tasse aus dem Geschirrschrank und schenkte ein. »Und alles vor der Tür: Grundschule, Kinderhort, mein Arbeitsplatz, die U-Bahn – nur Lilly hat es weiter zum Gymnasium.«

Lilly schwieg und ließ ihre Mutter reden. Gut, dass sie nicht wusste, was für einen Dünkel dieser Jahrsen hatte, wie hoch er die Nase trug. Nie hatte Lilly zu Hause seine demütigenden Bemerkungen erwähnt. »Kann es sein, dass sich am Beifußweg in letzter Zeit einiges getan hat? Umstrukturiert? Renoviert?«, fragte Dr. Jahrsen, und als Frau Beier erstaunt den Kopf schüttelte, redete er weiter: »Ich hatte die Hochhäuser – nun ja – anders in Erinnerung. Aber ich kenne die Siedlung sowieso nur aus Zeitungsberichten. Bin noch nie hier vor Ort gewesen. Aber ich will zum Anlass meines Besuches kommen. Meine Tochter hat mir gebeichtet, dass der Andalusier, den die beiden Mädchen reiten, krank ist, weil Charlotte am Wochenende ihre reiterlichen Pflichten nicht erfüllt hat. Schuldhaft nicht erfüllt.«

»Ja, eine traurige Sache mit dem schönen Pferd. Lilly war gestern Abend fix und fertig. Aber was hat denn Charlotte damit zu tun? Davon hat Lilly nichts erzählt.«

Erstaunt blickte Dr. Jahrsen zu Lilly hinüber.

»Nein?«

Lilly merkte dem Mann an, er konnte es kaum fassen, dass sie die Sache nicht an die große Glocke gehängt hatte. »Charlotte ist ja auch nicht wirklich schuld«, ging Lilly dazwischen. »Woher sollte sie denn wissen, dass Arcos von Hafer krank wird? Ich meine von zu viel Hafer. Keiner von uns wusste das.«

»Egal.« Dr. Jahrsen hob die Schultern. »Unwissenheit schützt vor Strafe nicht. Hätte sie das Tier ordnungsgemäß geritten, wäre nichts passiert, wenn ich den Fall richtig nachvollziehe. Wie auch immer: Charlotte kann nicht einfach ohne Absprache dem Reitstall fernbleiben. Schon gar nicht, wenn sie die Verantwortung für das Pferd meiner Kollegin hat. Wie stehe ich denn da vor Frau Stieger?« Er schüttelte den Kopf. »Ehrenwert, dass du sie verteidigst, Lilly, aber Charlotte war ja nicht ernsthaft verhindert. Sie hat selber gestanden, dass sie heimlich auf zwei Partys war, statt zu reiten. Das nenne ich schuldhaft.«

Lilly suchte Blickkontakt zu Charlotte. Sie tat ihr furchtbar leid mit ihrem strengen Vater. Wusste er denn auch von ihrem Auftritt als Schlagzeugerin? Oder hatte Charlotte nur ganz allgemein von Partys gesprochen?

Unbemerkt von Dr. Jahrsen machte Lilly die Bewegung von wirbelnden Trommelstöcken und zog fragend die Schultern hoch.

Charlotte rollte die Augen und bewegte sie heftig verneinend nach rechts und links. Also wusste ihr Vater nichts von ihrem Heavy-Metal-Hobby.

»Strafe muss sein«, sagte Dr. Jahrsen und deutete mit der Kaffeetasse in Charlottes Richtung. »Mir tut es selber leid für meine Tochter, aber ich muss ihr das Reiten für einige Zeit verbieten. Sonst lernt sie nichts aus dem Vorfall. Obwohl . . .«

Er machte eine kurze Pause. »Ich muss mich wohl auch fragen, ob ich Charlotte mit all den Aktivitäten nicht auch überfordert habe.«

»Oh Papa, das sind ja ganz neue Töne«, rief Charlotte überrascht.

»Wie auch immer – jedenfalls wirst du dich in Zukunft vor allen Dingen auf die Schule konzentrieren . . . das heißt, du *musst* einfach, wenn du das Abitur schaffen willst. Ich möchte Ihnen daher einen Vorschlag unterbreiten, Frau Beier. Dir natürlich gleichermaßen, Lilly.«

Charlotte zwinkerte Lilly zu, als ihr Vater seine schmale Aktenmappe öffnete, aus der er einen Stapel vorgedruckter Formulare zog, die er zwischen Tassen und Isokanne ausbreitete.

»Da Charlotte fürs Erste nicht mehr reiten wird, braucht Frau Stieger eine zuverlässige Reitbeteiligung, die Arcos möglichst jeden Tag reitet. Ich habe die Sache mit meiner Kollegin besprochen. Was halten Sie von folgender Regelung, Frau Beier: Wir stellen die Reitbeteiligung von Lilly auf vernünftige Beine. Mit allen Rechten und Pflichten, auch mit angemessenem Kostenbeitrag . . .«

Frau Beier lächelte und legte Dr. Jahrsen die Hand auf den Arm.

»Das ist schrecklich nett von Ihnen, aber solche Ausgaben sind im Moment bei uns nicht drin. Obwohl ich Lilly das Reiten natürlich wahnsinnig gern ermöglichen würde.«

Sie seufzte. »Aber ich habe noch zwei kleine Jungs, die müssen auch zu ihrem Recht kommen.«

»Lassen Sie mich doch erst einmal ausreden«, sagte Dr. Jahrsen aufgekratzt. Für seine Verhältnisse wirkte er geradezu sprühend temperamentvoll, als er fortfuhr: »Ich hätte einen Vorschlag: Lilly gibt meiner Tochter regelmäßig Nachhilfestunden. Bezahlte natürlich. Deutsch und Englisch. Bei Profi-Instituten macht meine Tochter dicht; alles schon probiert. Charlotte hat aber Nachhilfe dringend nötig – und Lilly ist ja offenbar Klassenbeste.« Er schien sehr zufrieden mit seiner Rede zu sein und ließ den Blick von Lilly zu ihrer Mutter wandern. »So kommt genug Geld für die Reitbeteiligung zusammen. Charlotte findet die Regelung in Ordnung. Wie wär's, Frau Beier? Lilly?«

Lillys Herz überschlug sich vor Aufregung. Meinte er das ernst? Misstrauisch studierte sie sein büroblasses Gesicht. Was für ein verlockendes Angebot!

Zögernd wandte sie sich an Charlotte.

»Aber ich kann dir doch Arcos nicht wegnehmen.«

»Das will ich dir auch nicht raten!«

Charlotte gab Lilly einen Stups in die Seite. »Wir regeln das schon.«

»Also, du hättest nichts dagegen?«

»Ist okay so. Wenn mein Vater etwas entscheidet, komme ich sowieso nicht dagegen an, stimmt's Papa?«

Dr. Jahrsen zog die Nase kraus. Er mochte es eindeutig nicht, von seiner Tochter vor Publikum angefrozzelt zu werden.

»Aber eins steht fest«, sagte Charlotte. »Zum Schmusen komme ich weiter in den Stall, und zwar so oft ich will. Ich muss doch sehen, wie es meinem Arcos geht.«

»Wollen wir dann den Vertrag durchgehen?« Herr Jahrsen ordnete die Formulare. »Kerstin Stieger, die Pferdehalterin, hat mich gebeten, mit Ihnen zu reden, Frau Beier. Sie ist verhindert.«

Frau Beier lehnte sich erleichtert zurück. Man merkte ihr an, sie hatte mit einer unangenehmen Nachricht gerechnet.

In Lillys Kopf schwirrte und summte es. Erst der Schock gestern, die wahnsinnige Angst, ihr geliebtes Pferd zu verlieren . . . und nun eine echte Reitbeteiligung.

Wann meldete sich der Spötter in ihrem Kopf? Die verhasste Stimme? Würde sie höhnisch warnen?

Glaubst du im Ernst, du könntest Dr. Jahrsen von deiner Zuverlässigkeit überzeugen? Ihm eine Reitbeteiligung abjagen? Und wennschon – bilde dir nicht ein, dass es lange hält.

Doch die Stimme schwieg, so intensiv Lilly auch in sich hineinhorchte.

»Dann wollen wir mal«, sagte Dr. Jahrsen. »Lilly, was ich noch wissen möchte: Diese Liste am Eingang mit deinen Pflichten … erledigst du das wirklich alles Punkt für Punkt?«

»Klar«, sagte Lilly schulterzuckend. »Meine Mutter arbeitet ja, wir teilen uns die Hausarbeit.«

»Tüchtiges Mädchen.« Dr. Jahrsen räusperte sich. »Ich habe dir wohl unrecht getan.«

Lilly merkte ihm an, wie schwer ihm dieses Eingeständnis fiel. »Also … tut mir gewissermaßen leid. Ich bin im Moment etwas überarbeitet und war in Sorge, zusätzlichen Stress mit meiner Kollegin Kerstin Stieger zu bekommen. Tut mir leid, wenn ich etwas schroff zu dir war.«

Lilly war überrascht.

»Schon in Ordnung«, sagte sie nur. War Dr. Jahrsen am Ende doch kein Robotermensch ohne Gefühle? Sollte er wirklich ein ganz normaler, überarbeiteter Anwalt sein?

»Ich weiß zwar nicht, worüber hier gerade gesprochen wird, aber wir sollten dann mal die Vereinbarung ansehen«, schlug Lillys Mutter vor.

Zusammen gingen sie den Vertrag durch. Als Lilly auf die Uhr sah, war es schon nach fünf. Wie elektrisiert sprang sie auf und streckte Charlottes Vater die Hand hin.

»Ich freue mich ganz wahnsinnig über alles, echt. Damit geht mein allergrößter Wunsch in Erfüllung. Und mit den Nachhilfestunden, das ist eine super Idee. Nur … seien Sie bitte nicht sauer … ich muss leider jetzt weg.«

»Bitte? Warum denn?«

Lilly trat von einem Fuß auf den anderen. »Um sechs kommt der Tierarzt zur Kontrolluntersuchung. Ich muss doch wissen, was er zu Arcos sagt.«

»Ach so. Sehr lobenswert.«

Charlotte sprang ebenfalls auf. »Wusste gar nicht, dass Dr. Ammann gleich noch einmal kommt. Logisch, dass ich mitfahre.«

Dr. Jahrsen ließ die Kugelschreibermine vorschnellen.

»Wenn wir hier durch sind, bringe ich euch mit dem Wagen hin. Ich möchte nicht, dass ihr im Dunkeln allein unterwegs seid. Aber ich würde gern noch mit deiner Mutter über die Modalitäten der Nachhilfe reden.«

»Danke, dass Sie uns fahren.«

Plötzlich kam Lilly eine Idee. »Im Moment sind wir doch überflüssig? Ich muss Charlotte dringend etwas zeigen. Können wir kurz weg?«

»Aber nicht so lange.«

»Geht klar.«

Bevor ihre Mutter etwas einwenden konnte, zog Lilly Charlotte aus dem Wohnzimmer und flüsterte im Flur: »Zieh dir deine Jacke über. Wir steigen aufs Dach und ich zeige dir, wo Arcos' Hof liegt. Den sieht man von hier aus.«

»Cool. Darf man das denn? Einfach so aufs Dach?«

»Natürlich nicht.«

Charlotte hob ihre rosa Steppjacke vom Kleiderhaken und schlüpfte hinein.

»Ist oben nicht abgeschlossen?«

»Logisch, aber ich habe einen Griff fürs Fenster.«

Sie verließen die Wohnung und fuhren mit dem Lift zum zwölften Stockwerk. Unterwegs erzählte Lilly von Vitali, dem Kasachen, und wie er ihr beim Einzug vom Dach aus Hamburg gezeigt hatte.

»Hier tut sich jedenfalls was. Mehr als in unserem toten Wohnviertel«, seufzte Charlotte, als sie im obersten Stockwerk aus dem Aufzug stiegen. »Hier lernst du sogar Jungs kennen.« Auf dem halbdunklen Flur war keine Menschenseele zu sehen. Routiniert öffnete Lilly das Fenster zum Dach und kletterte hoch.

Charlotte schaffte es nicht nach oben, sie war viel ungelenker als Lilly. Mit Mühe zog sie sich bis zum Bauch hoch, um sich dann stöhnend zurück auf den Fliesenboden fallen zu lassen.

»Das wird nichts.«

Lilly sprang zurück auf den Flur.

»Quatsch. Aufgeben gibt's nicht.«

Sie faltete die Hände zur Räuberleiter und wuchtete ihre Freundin aufs Dach.

Oben empfing sie Frühlingswind, eine frische Brise, aber nicht mehr wirklich kalt. Man roch bereits die Ostertage.

Auf der hinteren Dachfläche lärmten Scharen von weißen Möwen. Eine Armlänge von ihnen entfernt hockte auf einem Vorsprung eine einzelne Möwe mit silbergrauem Rückengefieder. Konzentriert hackte sie mit ihrem kräftigen Schnabel auf ein Pizzastück ein, wobei sie Lilly aus starren gelben Vogelaugen beäugte.

Dr. Jahrsen, dachte Lilly unwillkürlich. Nur geschrumpft.

Als sie sich näherte, ließ der Vogel seine Beute fallen, erhob sich flügelschlagend und suchte über dem Beifußweg das Weite.

Unten ihnen erstreckte sich die Stadt. Unzählige Dächer in Rot, Schwarz und Grün ragten in den Himmel. Dazwischen leuchteten blaue Tupfer und Bänder, Elbe, Alster, Hunderte schmaler Fleete. Vom Hafen trieb der Südwestwind das Tuten der Schiffe herüber.

Charlotte zog den Reißverschluss ihrer rosa Steppjacke bis zum Kinn hoch und sah sich beeindruckt um.

»Hammer.«

Lilly musste lachen.

»Das hat Vitali auch immer gesagt.«

Sie überquerten das Dach in Richtung Antenne. Lilly sicherte nach allen Seiten, ob der Hausmeister im Anmarsch war.

»Papa denkt, er straft mich ab mit dem Reitverbot, dabei tut er mir einen Gefallen«, sagte Charlotte grinsend. »Reiten schaffe ich wirklich kaum noch. Zum Schmusen bleibt mir mein süßer Arcos ja trotzdem – und ich habe endlich mehr Zeit fürs Schlagzeug . . .«

»Dein Vater weiß immer noch nichts von deinem Getrommel! Sagst du es ihm irgendwann?«

»Bist du verrückt? Never! Meine Übungsstunden würde er doch sofort streichen. Nein, meinem Vater darf man nicht zu viel auf die Nase binden. Vielleicht nächstes Jahr. Mal sehen, wie das Zeugnis ausfällt.«

»Gut natürlich. Warte nur ab, ich bin total streng in Nachhilfe.«

Sie waren an der Antenne angelangt.

»Linken Fuß an den Betonsockel schieben«, ordnete Lilly an, »dann mit einer Hand festhalten . . . und nun über den Bauernhof und die Strommasten nach vorne gucken.«

Angestrengt starrte Charlotte in die Ferne.

»Mir wird schwindlig«, sagte sie. »Ganz schön hoch hier oben. Ich sehe nichts vom Grüntalhof.«

»Ein Rechteck, das bläulich schimmert«, half Lilly. »Das Solardach auf der Reithalle.«

Sie selbst hatte den Grüntalhof längst in der Ferne ausgemacht. Aber beim ersten Mal brauchte man wirklich einige Zeit, um sich zu orientieren.

Lillys Blick wanderte über die riesige Stadt. Als sie herzog, vor zwei Monaten, hätte sie nie gedacht, dass sie in Hamburg schnell heimisch werden könnte. Alles war so fremd. Und dann Charlottes Vater, der ihr Steine in den Weg legen wollte. Sicher, es war nicht ausgeschlossen, dass in Zukunft noch weitere Stolpersteine auf sie warteten, auch wenn Lilly noch nicht absehen konnte, von welcher Seite. Aber sie fühlte sich jetzt stark genug, mit allen Schwierigkeiten fertig zu werden.

»Ja! Ich habe den Hof.«

Charlotte quiekte auf. »Da steht also Arcos. Hammer.«

Vorsichtig ließ sie das Gestänge los und trat ein paar Schritte zurück. Sie legte ihren Arm um Lilly.

»Perfekt, dass du Arcos jetzt reitest. Ich meine . . . richtig offiziell.«

»Echt?«

»Logisch. Wenn du nicht wärst, müsste Kerstin sich nach jemand anders umgucken. Wer weiß, was für eine blöde Kuh sie ausgesucht hätte. Am Ende würde die mich nicht mehr zu ihm lassen.«

Plötzlich bellte eine laute Stimme über das Dach.

»Du da in Rosa! Hast du sie noch alle? Sieh bloß zu, dass du ganz schnell verschwindest.«

Am Ende der Betonfläche baute sich drohend ein Mann in blauem Overall auf und stemmte die Arme in die Seiten.

»Der Hausmeister!«

Charlotte kicherte über Lillys leisen Aufschrei.

»Keine Panik«, flüsterte sie. »Dich hat er gar nicht entdeckt in deiner grauen Tarnjacke.«

»Trotzdem, nichts wie weg.«

Lilly fühlte sich federleicht, als sie durchs offene Fenster auf den Flur sprang und Charlotte beide Hände zum Helfen entgegenstreckte.

Der Hausmeister wusste jetzt Bescheid. Mit Argwohn würde er künftig über sein Dach wachen. Und wennschon. Sie brauchte das Dach nicht mehr.

Lilly blickte auf den Fenstergriff in ihrer Hand. Morgen würde sie ihn einpacken und wegschließen, bis Vitali zurückkam.

Sie musste nicht mehr nach oben, um sehnsüchtig zum Grüntalhof zu blicken. Um sich Arcos vorzustellen, wie er mit hochgerecktem Kopf in ihre Richtung schaute. Sie konnte zu ihm fahren, so oft sie wollte.

Ein seliges Lächeln huschte über Lillys Gesicht.

»Normal ist das nicht«, hörte sie Charlotte sagen, »dass du hier stehst und auf ein Eisenteil starrst. Während ein schöner Andalusier wartet und sich die Augen aus dem Kopf guckt.«

Lilly lachte glücklich.

»Du hast ja so recht . . . nichts wie los zu Arcos.«

Margot Berger

Freundschaftsprobe
Eine wahre Pferdegeschichte

Sarahs geliebtes Pferd Nestor ist das, was man gemeinhin »schwierig« nennt. Von seinem vorherigen Besitzer misshandelt, fasst Nestor nur sehr langsam Vertrauen zu seiner neuen Reiterin. Doch Sarah gibt nicht auf. Sie überredet ihre Eltern, sie mit ein paar Freundinnen auf einen einwöchigen Wanderritt gehen zu lassen. Sie hofft, dass die ununterbrochene Nähe sie und ihr Pferd zusammenschweißen wird. Was allerdings als schöne Ferien beginnt, wird zu einer Herausforderung für Pferd und Reiter ...

Arena

Auch als E-Book erhältlich

176 Seiten • Arena Taschenbuch
ISBN 978-3-401-50560-2
www.arena-verlag.de

Margot Berger

Entscheidung fürs Leben

Eine wahre Pferdegeschichte

Ein eigenes Dressurpferd! Endlich ist Hannahs sehnlichster Wunsch in Erfüllung gegangen. Nachdem sie jedoch angefangen hat, mit Danilo zu trainieren, beginnt das neu gekaufte Pferd zu lahmen. Der Tierarzt stellt eine folgenschwere Diagnose: ein schon länger bestehender Hufschaden. Nun muss Hannah sich entscheiden: Soll sie ihren Traum vom Dressurreiten begraben oder sich von Danilo trennen?

Arena

Auch als E-Book erhältlich

160 Seiten • Arena Taschenbuch
ISBN 978-3-401-50912-9
www.arena-verlag.de

Margot Berger

Wahre Pferdegeschichten

Auf der Suche nach Calido

Amelies Augen gleiten über die friedlich grasenden Pferde auf der Koppel. Sie kann es immer noch nicht begreifen. Eigentlich sollte dort auch ihr Friese Calido stehen, an seinem Platz unter den Eichen. Doch er ist fort. Calido ist gestohlen worden – entführt bei Nacht und Nebel. Für Amelie bricht eine Welt zusammen. Sie beschließt, nach ihrem Pferd zu suchen.

168 Seiten • Arena-Taschenbuch
ISBN 978-3-401-50915-0
www.arena-verlag.de

Kein Abschied für immer

Nirgendwo scheinen Katastrophen weiter weg zu sein als auf dem idyllischen Clausenhof an der Nordsee. Tessa ist ganz aufgeregt: Ihre heiß geliebte Fjordstute Lika erwartet ihr erstes Fohlen. Doch von einer Minute zur anderen wirft ein dramatisches Ereignis Tessa aus der Bahn. Verzweifelt sucht sie Hilfe im Internet.

152 Seiten • Arena-Taschenbuch
ISBN 978-3-401-50916-7
Auch als E-Book erhältlich
www.wahre-pferdegeschichten.de

Arena

Margot Berger

Wahre Pferdegeschichten

Schwere Zeiten für Julia

Obwohl Lombard als talentiertes Springpferd gilt, verliert Julia mit ihm jeden Wettkampf, bis der Pferdewirt Kevin ihr anbietet, Lombard kostenlos zu trainieren. Immer stärker drängt Kevin sich jedoch zwischen Julia und Lombard und zwingt Julia schließlich dazu, eine folgenschwere Entscheidung zu treffen.

160 Seiten • Arena-Taschenbuch
ISBN 978-3-401-50913-6
www.arena-verlag.de

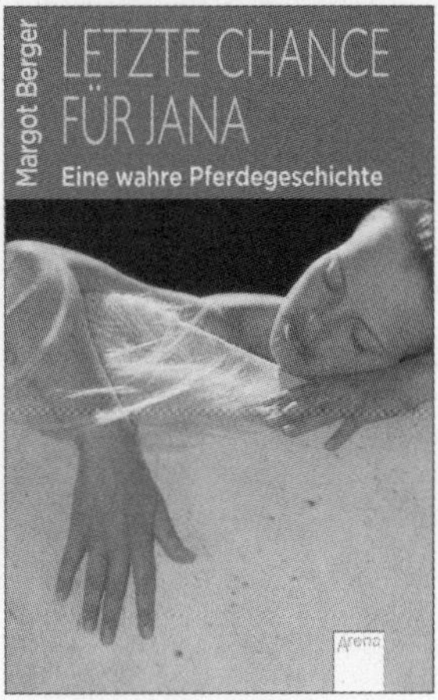

Letzte Chance für Jana

Niemals hätte Jana damit gerechnet, vor dem Jugendrichter zu landen. Mal ein PC-Spiel oder Alk zu klauen – das ist doch keine große Sache. Doch dann wird sie zu 60 Sozialstunden auf einem Pferdegnadenhof verdonnert. Ein Albtraum, findet sie. Bis sie auf dem Hof die misshandelte Stute Fenja kennenlernt und versteht, was es heißt, Verantwortung zu übernehmen.

176 Seiten • Arena-Taschenbuch
ISBN 978-3-401-50914-3
www.wahre-pferdegeschichten.de

Arena

Margot Berger

Pepper und Flo

Mein größter Pferdesommer

Flo bekommt endlich ein eigenes Pferd! Doch dabei läuft nicht alles nach Plan. Wird Flos großer Traum dennoch in Erfüllung gehen? Pepper und der Haflinger Alpino sollen auf die Sommerweide – und ihre Besitzerinnen Flo und Emily dürfen die Verpflegung der Pferde selbst übernehmen – ein Riesen-Abenteuer, an dem beinahe ihre Freundschaft zerbricht.

Dieser Sammelband enthält die Einzeltitel »Ein Wunschpferd kommt selten allein« und »Ferien auf der Sommerweide«.

Margot Berger
Pepper und Flo

Meine größten Pferdeabenteuer
Zwei Bände in einem

Ob beim Wanderritt mit Übernachtung oder beim Ausbruch der gesamten Herde aus der Weide: Pepper und Flo sind ein unschlagbares Team!

Dieser Sammelband enthält die Einzeltitel »Ritt ins Abenteuer« (Band 3) und »Pepper in Gefahr« (Band 4).

Arena
328 Seiten
Arena-Taschenbuch
ISBN 978-3-401-50549-7
www.arena-verlag.de